散文集

谢谢你

赠我空欢喜

XIEXIENI
ZENGWO
KONGHUANXI

梁震 著

中国出版集团

现代出版社

图书在版编目（CIP）数据

谢谢你赠我空欢喜 / 梁震著. -- 北京 ：现代出版社， 2016.3

ISBN 978-7-5143-4670-1

Ⅰ．①谢… Ⅱ．①梁… Ⅲ．①散文集－中国－当代 Ⅳ．①I267

中国版本图书馆CIP数据核字(2016)第038312号

谢谢你赠我空欢喜

作　　者	梁　震	
责任编辑	李　鹏　陈世忠	
出版发行	现代出版社	
地　　址	北京市安定门外安华里504号	
邮政编码	100011	
电　　话	010-64267325　010-64245264（兼传真）	
网　　址	www.1980xd.com	
电子邮箱	xiandai@vip.sina.com	
印　　刷	北京一鑫印务有限责任公司	
开　　本	787×1092　1/16	
印　　张	16	
印　　数	3500册	
版　　次	2016年3月第1版　2022年7月第2次印刷	
书　　号	ISBN 978-7-5143-4670-1	
定　　价	49.80元	

我注视着你翩翩而落（自序）

　　当秋天离我还有至少九站路的距离，我就能强烈感受到它凛冽的扑鼻气息。这没有什么，不过是那些埋藏在泥土下面的灿烂。如同早谢的花，斑斓的落叶，碾成粉化作尘，伴随夜夜婴儿的啼哭，去找寻未知的人生。

　　我怀念那样的年代，一封发黄的信笺，一场雨撒满天。每一次看云起云落的变迁，每一个独自压抑的夜晚。我等不到怀念，便在路口徘徊。从少年到白首。我们站在红红的夕阳下面，彼此沉默，倾听无人相认的歌声。

　　看透了春的脉搏，就理解了秋的挣扎。月色如雪，我注视着你，就如同注视我的前生。我只看了你一眼，你就应声而落。翩翩落地，甚至来不及怜悯。

　　我们都活在自己的躯体里面，为米和脂粉去笑容。那唱歌的少年多想拉住你的手，一尘不染地跳进大海，去迎接春暖花开。

　　是为序。

2015-11-30　江城

目 录

谢 谢 你 赠 我 空 欢 喜

· 第一章　有时候我们需要抒抒情 ·

· 第二章 只有青山藏在白云间 ·

· 第三章　弥漫指间的光 ·

· 第四章　当桃遇上梨 ·

· 第五章　知己总在江湖 ·

· 第六章　没有一朵有好下场 ·

· 第七章　穿心莲、溪黄草 ·

· 第八章　每一个人都有自己的房子 ·

第一章

有时候我们需要抒抒情

突然想起来，天使不是趴着睡就是站着睡的，不然翅膀会疼。有一个朋友问我，你的翅膀在哪里。我回答她，闭上眼睛就有了。绝望是无限的美好，就像我不知道该因此而满意呢，还是深深失望。

三环以内

　　每年的春天总是这样，不和你打一个招呼，突然就出现在身边，像车窗外不经意间瞥见的那片绿油油的色彩，被80迈的速度一带而过。我才反应过来，春天到了，该去野外踏青了。

　　只可惜这念想稍纵即逝。我们并不属于三环以外。在城市，人人都被现代文明重重包围，却没人想过要冲出去。我知道这惯性可怕的很，比如我们已经习惯了没有星星的夜空。花手绢的童年，只是扔在了城市最黑暗的角落。

　　没有遗忘，却比被遗忘更恐怖。

　　很多时候，春天就是这样和我们告别，很多时候都是这样。当你才意识到事物的开始之时，它其实已然结束，并对你做最后的表白。所谓万物滋生，那只是活在教科书里的告白。春风吹过，年复一年，转身便是无人相问的舞台。每一个活在城市里的人都是蚂蚁，也许并不劳碌，但都是些劳碌的身影。无奈停留在发梢，把苍白开在早谢的脸上。只有老歌和撕毁的信笺依旧，将抹去的回忆紧紧锁在泥土下面。偶尔从电台的那头传来似曾熟悉的声音，总如夕阳落下的剪影，像苏童的《肉联厂的春天》，红得让人不忍落目。

这一切却和眼下这个春天无关。

我在合肥待了六年，却记不住一个春天，这让我很不平。不知道从何时起，自己已经成为大钟楼上那个巨大时钟的秒针。生命只是个发条，或快，或慢。但这轨迹和周期是一万年以前就固定好的，这和发芽无关，和青春也无关，日日却是惊人的一致或者雷同。我站在南熏门的桥下，看车来车往，看潮起潮落。直到华灯初上，城市披上霓虹紧身衣，夜晚拉开黑色大幕。城市的三环以内，在包厢，或者一盏灯下，把疲倦消失抑或放大在进食时间。我们就这样反复走过春天，就像晚风反复拂过肩膀，心中没有层云万千。草色遥看，远近都无，这城市熙熙攘攘，反复上演七彩的水泥蓝图，但这本就和春天无关。

原来问题并不出在我身上。

一定要庸常到开车至天鹅湖畔，去感受那塑料般的春天气息，然后再扭头奔进那热岛城市，在电梯、电话、传真、短信、微博、丑闻和快餐娱乐的包围里，才能找回一个真实的自己？多年来，我们已经远离了书卷，也远离了自己。花香草绿，虫声鸟鸣，彩蝶飞舞，这些都还在，但多年前的那个自己已经不在了。犹如这春天的生机，无时无刻不在当下。但万事万物终究在愈来愈深的岁月中走向成熟，和成熟的反面。

三环以内，突然就深深想念空气中弥漫青草汁的味道。

告别秋虫夏草，冬雪春花，回到属于自己的盒子，把门从里面关上。闭上眼睛，默念三遍"春入河边草，花开水上槎"。第二日清晨，义无反顾地投身到这青春的城市，用早班时间里的路面博弈，异常整洁地打开一个拥堵的人生画卷。

2011-5-14　08:55

恋恋风尘

这已然是深秋。但我见不到满城的落叶，所以怀念那些在环城马路的日子，可以和飞舞的秋叶做亲密接触，看护城河的阳光浅浅地洒满整个秋天，一直到夕阳西下，倦鸟不归。

动力跑了，把我丢在谁的版图上，像一个句号。

我现在能见到的，只有高架上穿流的废气，暗淡的霓虹，城市生生不息的喘息。光滑的路面，我被惯性左右。我能控制的只有我的方向盘，但我掌握不了我的人生。我能改变的只有我的桌布，我左右不了我的轨迹。

这样的日子里，总是无法抑制的想念。那个冰冷的冬天，因为有你而变得温暖。

今天，我期待磨灭。让热恋飞扬，直到青春散场。你我不再重逢，在每一个万念俱生的夜……

所以，当变数出现的时候，我是表示暧昧，还是该起立鼓掌。

2010-11-25   08:01

有时候我们需要抒抒情

　　懵然间，2010 年到了。这时光悄然而深邃，潜入万事万物和我们每一个存活的细胞。我提笔就写的 2009 被划了多少次，习惯就是这样被改变。改来改去，白发越改越多，我自己都习惯了这样的惊讶和无动于衷。等天色黑了，上床等待另一个天黑。

　　没错，就是安静。剥开生活的外壳，安静地活着，安静地等待生命的轮回。就像一个朋友所说的，我们多活了一天，便就少活了一天。

　　我想把下一站定在火星。以现在的科学，两年半就能够抵达。这只是个技术问题。其实生活中没有那么多问题，比如头发你翘什么翘，比如感冒时为什么要喝水。当历史的光线打在你头上时，你就被定格在舞台上了。像一个教徒，去祈祷或者哀叹。而抵达只是一种姿态。如你所知所有的科学都只是一种距离。我们要做的，就是抵达。火星，只是个借口。

　　"别来春半，触目柔肠断。砌下落梅如雪乱，拂了一身还满。雁来音信无凭，路遥归梦难成。离恨恰如春草，更行更远还生。"

看来，有时候我们需要抒抒情。情来了不能控制，因为它走得跟时光一样快。情走了我们要控制，因为肝是自己的，这和胃是自己的道理如出一辙。抒抒情这种事就跟麻药一样有效。

王小波说得好：一个人只拥有此生此世是不够的，他还应该拥有诗意的世界。那么，让我们定一张去火星的票，也许路上就会有奇迹。

这奇迹无法见证，只属于深度妄想症患者的晚期治疗专用。

2010-1-20　13:02

我 在 北 京 风 很 大

真没想到 2009 年的最后几日是在北京度过。没有朋友在身边，连自言自语都丧失了勇气。我钻进礼士胡同，再钻出来，天就黑了。耳朵早不是自己的了，但嘴唇有一半还是。朋友从合肥打来电话，问晚上有什么活动。我说我在北京。我已经很努力了，但那个"北"字总是发不出来。

我不喜欢北京，只是因为在北京有一些回忆的片断，它想起来让人觉得美好；就像我不喜欢合肥，但它同样有一些片断，想起来一样让人向往。什么是美好？就是那些闪亮的日子，不过它们清一色是过去式。什么是过去式？时态你总懂吧，就是都在你身后了，而你却一往无前地被时光移动，迅速，而不露声色。

我点了份儿尖椒鸡蛋，又要了份儿豆腐堡，再来一瓶燕京本生啤酒。这样我就大隐隐于市了。在那么多胡同的那么多天南地北的小酒馆里，想要找到我实在是很难。但是没人找我。我花了三个小时把东单转遍，实在冷了就在肯德基里取些温暖。这天跟哈尔滨比起来实在不算什么，但我熬不住了。

　　一个人的时候，风大就不是什么好事。2010 年到了，大家都这么往前奔吧，路还长着呢。只要有成长，就会有痛苦。等我们都成烂茄子了，再想一想什么叫生如夏花。

2010-1-3　19:58

三月的六行

聚　会

我实在没什么话好说的。因为该说的话都忘了，不该说的全都说了。空白的时刻就特别想你们来填满，我需要人群来打发寂寞。而当我们在一起时，空白却越过你我他，写在每一个人的脸上。孤单越发栩栩如生，把舞台上的每一个人照亮。

喝　酒

不会喝酒的人会丧失一些美好，因为他不懂得珍惜微醉、畅醉和深醉的时光。爱酒之人多半会丧失更多的美好，当他被酒俘获，人生的路就走到尽头了。我常大醉，有失体统。为了常走些人生的路，我要戒酒。我就是说说而已，夏天快到了。

K 歌

唱歌有三种情境。一是唱给某一个人听，那是表达；一是唱给自己听，那是宣泄；一是与人K歌，那是对抗。我看大家都在萎靡不振时，献上一曲《恋恋风尘》，那是希望大家可以跳上一段华尔兹。但我讨厌在唱歌之时被人拉着跳舞。除了贴面舞我什么都不会，而且我还要把歌唱完。

打 球

学打球有一年半的时间了。因为放弃而选择，台球就是其中之一，这很有意义。我妄想自己可以借助它而安静，并且回到从前的自己。但后来发现已经走火入魔了，有时候去球元素只是坐坐，喝杯热茶，看看人群，这像老年痴呆症。只有心中无事，才能打好每一杆球。

工 作

从前是兢兢业业的努力。然后是清茶加报纸和熟能生巧。再以后是所谓才华和所谓悠然。到了合肥，才知道什么是理想主义者和完美主义者的结合。但时光有断层，我把两年的时间交给了颓废。现在，为了传媒团伙的一个亿，我们要把一分钟掰成两半用。我将在体现这价值的过程中老去。

发 呆

发呆的学名叫走神，延伸到神经学说就是脑神经短暂性坏死。从物理角度上看它大体上属于衰老这个过程。我现在越来越少发呆，不是因为打了抗生素，而是没时间。我怀念从前发呆的日子，一个人躺在大树下看金色阳光透过漫天的小树叶罅隙打在眼里近似晕眩的感觉。但这种过程往往被一只小飞虫惊醒，让我回到俗世，叹时光一去不返。

2010-3-28　12:18

我以为我就是那一只雁

今天阳光真的很好。我像战国的一张弓,突然间松了下来。懒懒地淡忘手中的那些俗事,却不知接下来要做些什么好。那空白像大海,退潮后悄悄地露出一望无际的湿地。我没想过去捡贝壳,或是寻觅宝藏。这个人已经很麻烦了,他不知道怎样自娱自乐。因为没碰到颜如玉,他就放弃了书本。但黄金屋却总在脑海中电影画面般闪现。矛和盾从不在他的内心打架。这让情况在瞬间变得很糟糕。他抬头看看政务区的天空,阳光真的很好,就是太稀薄,让眼前的一切显得虚幻,比空气还不可捉摸。

我找不到任何一件事能让自己安静下来。这个局面让人沮丧。台球已经是很明显地在糟蹋时间了。游泳呢,我见不得那么多人在我身边游来游去。只能喝点酒去助眠,正因为没有酒精,我连续三个晚上失眠到三点,这个可以佐证,我对此也深信不疑。我懒得在床上翻科学松鼠会,连《大河恋》也看不进去。是到了判刑的时间了,没有法官,没有牧师,没有警察,我自己判自己死刑。然后缓刑,做一回偷生的主,只不过提前把财产分配书写好。天空就在这个时候亮了起来,我看到了许久不曾见过的朝霞。它们像亲人，缓缓地向我招手。

人生的路真的是自己走出来的。大雁在天上飞，小白兔在地上蹦，蚂蚁只能被人踩。奋斗只是一种态度，每个人的命运不仅仅取决于你的态度，还要有机遇，和把握。我一直没弄懂这个，所以这些年来一直很快活。其实这种快活是灰色的，和垃圾距离并不远。我现在努力工作，辛勤奋斗，加班，一个人吃花生酱拌面。两周瘦了八斤，以为能回到天堂做天使。我甚至以为我就是那一只雁，想着要渡过寒潭，在我的第二本诗歌集中我就是那么写的。后来我发现自己只是一只蝴蝶，明知道沧海飞不过去还要振翅飞翔。而现在呢，才知道自己只是万生中的一只蚂蚁。除了偷生，我还能做些什么呢。

我就想搞点好的吃吃。

2009-12-22　20:08

如 何 让 我 遇 见

首先，别试图说服我，因为我无药可救已经很多年。

我难以相信秋天会以这样的方式降临人间。阳光明媚而炽热，打开车窗照在腿上，会有惊人的热量流淌。但风声太大，天空没有雨燕。每个人都把自己包裹成一个粽子。气温骤降，人们都只知道加衣，却低估了寒冬的能量。我看不到梧桐叶了，我只知道北京以南都在降雪。

我点燃一支苏烟。

这样一个阳光灿烂而凛冽的上午，小家碧玉，花开静静，十字绣亭亭玉立。你若不仔细就会觉得她的命是很轻的那种。我小心地探望，并且以为一颗巧克力就能送来温暖。

难以抑制自己的贪婪。这世上本不只我一个懂得珍惜。只是太多的东西要大家分享，或者独享。

那么，如何让我遇见，在我最美丽的时刻。

2009-12-8　10:04

还是慢慢，慢慢地融化

今年的雪来得特别突然。我还没反应过来它就下那么大了。我才明白，人生有很多事你是反应不过来的。那么，除了主动，剩下的就全是被动了。最多有些呆滞的空气和麻木的表情。我记得小时候老家山坡上的院落里，除了一棵枣树之外，剩下的就全是梨树。那时候我还不懂得赏花，分不清那些梨花盛开的日子和花花绿绿的世界。只能记得每棵梨树上的梨子都是不一样的。用竹竿敲下来的有的甜，有的涩，有的酸。其实，世界再大，也莫过如此。除非你从事的是生命科学，你所看到的一切没你想的那么复杂。

除了枣树，就尽剩些梨树了。就这么简单。

那些树之所以被今年的雪压倒，是因为今年的雪季来得太快。叶子们都还没约好一起落下，雪就来了。这就是速度，所以积得很重。如你所知我们打不过的东西只有两样，一样是时光，一样是地球万有引力。树倒了很多，也砸坏了很多停在树下的车。但我看人类都很开心。没有人去责怪地球万有引力，也没有人手持烛火去忏悔。要不然路边怎么会有那么多可爱的雪人。我只是可怜那些树，在浩瀚的宇宙里它们的命运和人类一样的

渺小。人类是自取灭亡的，因为出来混，最后什么东西都是要还的。而那些树它们做了什么。它们只是吸进二氧化碳，吐出氧气，难道这也错了么。我这些天老在想一些过去的事。片段，和片段中的片段。想了很久我才想明白，原来那些过程我早已享受过了。我们最不能容忍的就是陈旧了。是让自己慢慢腐烂，还是慢慢、慢慢地融化。真是个问题。新鲜在哪里，啊，新鲜在哪里，新鲜就在小朋友的花篮里。一天天长大，一天天老去。总不能做些让自己心安理得的事情。是不是时代缺乏责任感，个人就会丧失责任感呢？这其实与时代没有太大的关系。我们都是卑微的个体，表面上丧失了方向，实际上确实丧失了方向。我们像小颗粒，在阳光下或者黑暗中四处飞舞。我们看上去很幸福。但是，同样是从冰箱取出的草莓和巧克力，为什么草莓吃起来比较凉……

你和我都不能清楚地回答。

2009-11-22　19:33

慢卷袖

"闲窗烛暗，孤帏夜永，欹枕难成寐。细屈指寻思，旧事前欢，都来未尽，平生深意。到得如今，万般追悔。空只添憔悴。对好景良辰，皱着眉儿，成甚滋味。

红茵翠被。当时事、一一堪垂泪。怎生得依前，似恁偎香倚暖，抱着日高犹睡。算得伊家，也应随分，烦恼心儿里。又争似从前，淡淡相看，免恁牵系。"

柳永因在家排行老七，又称柳七。祖籍河东，今属山西，算和我山西老家祠堂是一个属地。这是我自个琢磨的，没考证。柳公子宋仁宗朝进士，官至屯田员外郎。由于仕途坎坷、生活潦倒，由追求功名转而厌倦官场，耽溺于旖旎繁华的都市生活，在"倚红偎翠"、"浅斟低唱"中寻找寄托。

这个人为人放荡不羁，终生潦倒。善为乐章，长于慢词，以描写歌妓生活、城市风光以及失意文人羁旅行役的生活等题材为主，语多俚俗，尤善铺叙形容，曲尽其妙。这个人我很喜欢。

喜欢就是喜欢。这世界莫名的人和事太多。以物喜，为己悲。我是上了年纪的庸人，对自己不应该那么狠。但，不要再为了心中所念想的人事去糟蹋自己。真的没意思。

我现在没有什么事非得马上要去做。我只想祝福你不用千言和万语。缠绵绕梁三周，耳边却是风声。

慢卷袖，快马加鞭，好风长吟。

2009-10-26   10:49

吃饭了

当你爱一个人的时候，你一定要好好陪他／她吃饭。

当你不爱一个人的时候，就让他／她一个人吃饭。

——连城

打开博客，依次听到勃拉姆斯和江一燕的音乐。这是一个很奇怪的组合。我觉得这样很好，适合找出指间残留的桂花香，把抑郁流动的空气拉到很远，身边只剩下些干净的芬芳。

然后天空就黑了。

球元素里还是那些快乐的人。三公里之外，我仍能感觉到他们的撞球声，她们的笑声，老男人坚毅的背影，小女子婀娜的身姿。

众生真好。

在网上看Forevermark，说是真情相系，永难分舍。那钻做得漂亮，却真不比人生的精彩，或者一个你爱的歌手华丽的滑音。这华贵都能够用钱买得到，而那些买不来的东西，为什么拥有时却不懂得珍惜，并且

妄想？

　　有人说，生活像蝴蝶。还有人说，可爱才能赢。我倒觉得宁财神说得最好：不要遗忘那些美好的东西。打开心不一定快乐，而封上门就一定会痛。

　　最近喜欢上了黄志忠这样一个人。要感谢演艺圈，给我们提供的不只是视觉刺激和垃圾。

　　吃饭了。在外不比在家。没人喊你吃饭，只有自己对自己喊一声，吃饭了。

2009-10-23　　20:05

突然难过

你有没有一个人的时候，突然间就好难过好难过？

我有。

我和衣躺在床上，听着手机里传来的心愿。突然间就想起那时的青春。我想起和门四坐在万花楼的对面饮酒，耳边飘来隐约的歌声；我想起和年三走在长安的路上，看到墙头挂起的腌肉，就特别想念家的温暖。

突然间就好难过。

那些褪色的岁月仿佛还在血管里，流淌。那些成长的碎片仿佛还在记忆里，流浪。那些曾经拥有过的风仿佛还在身后的天空，回荡。那些清澈的眼神仿佛还在黑夜的城市，张望。

这沮丧比起在公共浴室看见那些茄子般的老人，蛋拖得比我小秃哥还长的那种感觉，还要沮丧。

我老了。你们也是。

我们都中了时光的箭。我们谁都敌不过时光。

那些爱过的人。你们身在何方。

2009-10-18　23:28

八天大假（节选）

记忆中就没有放过这么长的假的，连头带尾八天，把我这样的人放傻了。我意识到自己彻底告别了计划性，像一头被狼群遗弃的狼，一个人晃在丛林间。四处冰冷，我能感觉到自己的爪子贴在潮湿的岩石上。这凉意离心脏太近，以至于在一个陌生的路口，我竟然慌不择路地摔了一跤，但却没有一个人看见。

这一点不好玩。离开了狼群，除了在浅水河里抓鱼，我就和天下人为敌了。

第二日：眼睁睁看着人群漫过自己

大假。我回到了我生活过的城市。我是如此热爱它，就像热爱我自己的身体一样。那些熟悉的街道和灯火，在我的血管里咕咕流淌。我和它，我们曾经共一个脉络，这是在我离开五年后才能感受得如此深切。现在，我回来了，但一切都不一样了。"90后"们长得比草还快。我只能眼睁睁看着一拨一拨的人群漫过我自己，然后黑夜的版图上只留下空旷的大街和我一个人。我以为少了我世界照样会转，事实上它们确实照样在转。我从快速通道出发，不到 20 分钟我见到了我的爸爸妈妈，我只花了两个小时不到的时间陪他们聊天。我甚至没机会踏上那片埋葬了我童年时光的土地。因为我把车开进自家的大院，然后再从大院钻进我的车。我其实还想去美丽的东门渡，那个生我养我的地方。但是，我连这一个小小的愿望都不能实现，在这个漫长的假期。

因为我已经彻底丧失了我自己。

第四日：深深怀念我们在奥园的岁月

然后，我用三天的时间来醉酒。我拖着一个病体去饮酒。如你所知一个连续感冒超过一个月的人，他要怎样才能让自己的身体适应病毒，然后快乐起来。我在 KTV 都在不停地咳，这让我觉得自己很搞笑。我和兄弟们喝酒，三个人每次都喝三瓶，我喝四两就醉了，却被他们灌到五两，醉的不省人事。第二日醒来就像被雷打了一样，浑身发软，口干舌燥，神经发疼。这一次回老家，连喝两天，我基本上就是一废人。接下来和老沈、老奚的饭局很奇怪，居然没怎么喝酒。这两个人一个快做副总一个已然是资本家。

突然间就深深怀念起我们在奥园的岁月。

奥园的那些人，奥园的那些事。我其实很想念他们。

掐指一算，除了醉酒，我会干的活就不多了。

第七日：我连个P都没遇到

漫长的假期，我在山里待了三天。山不高，但树多。林子不大，鸟很吵。我坐在和尚的后面跟他们一起念经。念着念着我就想睡觉。寺庙外的

空气很好，据说是风水好。我在林子里转了半天，一只狐狸都没遇到。我吃不下斋饭，因为怀念肉。晚上就着微暗的灯我翻着《梦溪笔谈》，翻来翻去居然想上网。

好在寺庙里养了一条大黄狗，我叫它旺财它就翻了我一下白眼，我叫它来福它还是翻了我一下白眼，我叫它丧彪，它就地大吼一声欢快地小跑过来，一狗脸愉悦的表情，尾巴摇得跟拨浪鼓一样。我时常带着它去山下转转，实际上是它带着我。我们俩都想在山下撞见个把姑娘，未果。如你所知寺庙里的大师父我一直没见着，据说是去化缘去了。其实就是旅行，现在的大和尚想得多开，我在寺庙里吃斋念经，他说不定在哪个大城市的宾馆房间里上网约会小姑娘呢。我打算见到他之后和他谈一谈人生和理想。然后让他送我一本经书做留念。但我走时他仍没回来，这肯定是宿命。

我居然一张照片都没拍。这不像我。

第八日：想找条河流拐个弯也不行

我回到合肥。请注意我开始习惯"回"合肥了。游泳，打球，上网，听歌，睡觉。没什么好写的。我只想特别说明一下，我这一天很闲，一个人。

还是养条狗吧。

想想，人生的路已经走过一半了。想找条河流拐个弯也不行。那就继续走吧。路过你们，路过秋天，一直到路过自己。

然后，苹果就熟了。

2009-10-9   18:11

第二章

只有青山藏在白云间

从制度上讲，我是一个守道的人。这里的道和哲学无关。我的道，就是我自己的原则。大多数场合下我有自己的原则。我忠诚于家族培植和复制给我的传统文化观，然后发出自己的一点声音。在史书上我不过如此。

孤单芭蕾

其实我要说的是人类的通病。你有思维，就逃不过孤单。

因为人总需要一种认同。这不代表你一定要待在人群里。但你会绝望，像哈代的《德伯家的苔丝》，或者左拉的《萌芽》。你以为你接触了太多的人心的黑暗，并把它归结为资本泛滥的后果。但其实不是，你只是孤单了。

这一切和财富无关。

因为你接触了太多的工业元素和商业空气。电话机，传真纸，光与电，无线网络。你厌倦同事虚假的脸，烦人的短信，打错的电话，陌生的喉音。你在升降机里把头埋下，低过你的领子，即便这样，大叔的口气和小姑娘的发梢还是能掠过你的脸。你逃进装满肉的巴士，或者如太平间般冷静的的士，赴宴，或者回家，你猜都不用猜的结局总让你无奈，膨胀和难堪。你为假钱痛心，为别人难过，为自己忧伤。你跑上楼顶，空气还是那个味道，城市只是换了角度，灰色太多，登高的努力让你沮丧。

你不过丢失了一根五分钱的香蕉冰棒，但你再也找不回来了。

这段时间，我发现自己一不小心就狂热地热爱上了啤酒，餐巾纸，桌球，K歌和大片。当然，香烟是老情人。啤酒我喜欢品牌，比如科罗娜，比如嘉士伯，因为喝出感情来了，没办法；餐巾纸要包的很好看的那种，我欣赏它们远大于它们的实用价值；桌球和游泳一样，它能让人安静下来，绝不仅是肢体语言的表达；K歌纯粹发泄，假如你嗓子好又有乐感的话，可能还会有下一秒的成就感；而大片，纯粹是为了安全地打发时间。请注意我用了"安全"这个词。

因为江湖险恶。很多人如厕都不带手纸。

但看上去我就是个暴殄天物的坏家伙。除却生存，我实在是浪费了太多的孤单。我以为我就是乡村平民精神，其实不过是一个宫廷里的怨妇。

所以，每当看到一个人在跳芭蕾的时候，我通常不屑。而我，实际上就是那个人。

无论贫穷或者富有，大家都在生同样的病。

最恨的是，当孤单来袭，我却不可以抽烟。因为扁桃体对发炎上了瘾。我想让孤独去抽烟，然后我可以撒腿就跑，在拐弯处被一头猪撞了一下，直到把这座城市的气质撞破。

2009-9-23　01:54

毛病时代

万恶的不是毛病，而是犯病的人知道自己是怎么回事了还沾沾自喜。

我就是这样的人。

我睁眼就想到上线，你是不是这样？反正全世界有十几亿人都跟我一样。

我上线就要偷菜，而且我经常偷你的。后来我才明白一个道理：自己种的菜就是被别人偷的，不然大家就会失去联系，这样太可怕了。

我在路上看到停车位就带一脚刹车，有打方向灯泊车的强烈意图。内地的城市就这样，在闹市区找停车位不如去死。

我到点时就看表，怎么没人请我吃饭呢？那么，拼防守吧，自己主动一点就要埋单。后果不堪。

我不停地看手机，没电了我就很害怕。我不喜欢别人老找我。但是没一个人找我时我就很沮丧。有时候一整个下午接不到一个电话。我会觉得世界很危机。

我坐上饭桌时就很头疼，心乱如麻。我不知道该点什么。曾经是"国家一级注册点菜师"的我，现在看到菜单就很抽插。

我醉酒时就很讨厌，醒来时却很思念。

我想时就冲动如天，我完事就万念俱灰。

真希望有一种神奇的组织，它能像燃烧卡路里一样毫不费力地把我的这些个毛病燃烧掉。接下来，再赐我一件隐身衣，让我躲在你们中间，装作没病的样子。

原来，不相信医生会有这么多痛苦。

2009-9-17　20:24

谁说生活是凶手

天气又凉了。我其实深爱这样的季节，心中总有冲动，想念野外那些放肆的风，山头大片枯萎的颜色，环城马路上的第一枚落叶。

这和恋爱无关。

当我再次思念一个人的时候，记忆已经撕烂了一切。连痛都不再留下。现实如此残酷，而你我都不明了。穿心的感觉，像午夜的收音机隐隐传来的一首老歌。它让你哭着笑，并且学会宽容。

你宽容了别人，也就宽容了自己。

我想穿起长衫，跳着走在湖畔。空气中弥漫着青草汁的味道。它让我迷眩，好像回到了春天。我以为我真的忘记了，实际上我真的忘记了。我只会在酒醉时按下号码，想着打过去的回声。天空是那么蓝，连天空都醉了。

在这个冷却的季节。

我已经走失了你的球鞋，走失了我们的那条街。怀念渐渐变成了习惯，然后被夜吞噬。等到阳光灿烂，没有人知道曾经发生过什么。

事实上什么都没有发生。

啤酒和纸烟，是永远的主角。一个人的分手，变成两个人的占有。我想开口，时光转瞬即逝。我以为我是一个受害者。实际上你们都是。你们都把伤口捂得好紧，你们都离不开棉花糖、面具、醉和裹尸布。

像我一样。

我想把车开到一个无人的地方，只要有水，和大片的草地。我想搭起自己的帐篷。然后，你们进不来，我也出不去。

谁说生活是凶手。你没看到它连自己也穿帮了。

2009-9-13　21:40

五头野兽的七夕之夜

天空仿佛比正常的高度低了许多，这天气半死不活，像静止的水让人压抑。连团副背起包钻进电梯间，他要逃出大厦。尽管不知道该去哪儿，哪里才能让心安静下来。

球元素大厅，刘副官的球技出神入化。但空气湿度过大，连台球桌布和黑八都沾上了呆滞的水汽。这样的环境，人变得糟糕起来，没有目标，却突然想放弃。

刘副官说，我们去睡觉吧。连团副无语。因为他也好累，只想好好睡一觉。

文采大厦410，连团副在醒来时打了一个电话，因为他感觉到孤独。卢司令答应赶来喝酒，因为这个可以整晚在车里睡觉的家伙同样也感觉到孤独。

孤独真是个好东西，它总是会陪伴我们度过很多难忘的时光。

同样。章政委气势汹汹地赶到410。外面变得艳阳高照，但我们都在房间里，我们都不知道。

我们盘算着这个七夕该怎么过。连团副只是在想，要穿汉服，和你在一起，喝美酒，唱高歌。当然，假如有灯船的话，可以放两只。

当李胡子神奇般的出现时，我们一点也不意外。这就是男人，这就是人生。

这样一来，五个男人，四部车。大家都傻 B 似的待在以文采大厦为中心的，半径不超过 1500 米的女人街这一带。这个地方就是江湖，有我们无法名状的寂寞，开心，踌躇，和麻木。

当然，王指导员和曹长官都没出场。不然，我们 C 连，也就是传说中的秃子连就到齐了。

暴雨。我们在大街上看躲雨的漂亮女人。空气中弥漫着沙丁鱼罐头的味道。车辆穿梭，路面光滑，啤酒飘香。

李胡子说，满街都是骚动的心，失身的人；卢司令说，掉掉蛋蛋；刘副官说，我要噶去。

台球？夜总会？KTV？酒吧？泡脚？洗澡？打牌？大家都在喋喋不休。连团副倾向去 KTV，可以喝酒，可以 K 歌，可以莫名地掩饰慌张。

我们讨论了三个小时。

10 点半，我们在扬州足艺。走丢两个秃子，还剩三个秃子。这像沙滩上的半幕话剧。

这时，还有人叫连团副去酒吧，这时还有人叫连团副去唱歌。但连团副哪里也不想去了。他想回家。

这五头野兽，似海上钢琴师般的才华压抑，在黑的版图画出啼血的歌。

别人的江湖，我们来生不见。

2009-8-27　00:50

只有青山藏在白云间

有一个月我在新加坡和香港之间来回了七趟，我最喜欢的是往来于它们的机场。我拖着自己的行李穿梭在机场的人流中，享受他们像水一样漫过我后的落寞。

那时候我还是一个孩子。那时候我还不知道，我连过客都不是。

直到我在重庆的那几天，我才确定了我喜欢这样的生活：穿梭，流淌。而不是如现在般沉寂，越来越容不下体内的杂质。

这和垃圾别无两样。

每天早晨在手机的两次催促下起床，不运动，偶尔刮下胡子不知道算不算。穿越清溪路，等待红灯时的寂寞。然后早会，电话，传真，看很多不喜欢的人在我面前表演。我的面具越来越多。即便不累，也重的发慌。午餐，在几百人的大餐厅一个人吃饭。到了下午，就游荡在外边，像一个魂。晚间，摆脱了自责和客户，我和同事们打球，游泳，和兄弟们喝酒，唱歌。我把面具一层层卸下，和女人卸妆别无两样。

直到不认识自己。

我的生活有过动荡。但却一直没有尝试过居无定所。这是一个悲哀，它注定让我不懂得珍惜。但是，我却有了从未有过的渴望：放弃，然后重新开始。我知道生命已走完一大半。是等待它静静燃烧，殆尽。还是努力让火花变得更加绚烂，哪怕更快。

我期待去支教的愿望比再回到学校读书要急迫的多。那将是我生命中最有意义的一次旅行。

"谁画出这天地，又画下我和你，让我们的世界如此绚丽多彩……"眼前的这一切太美好。相信天使也不会舍得离开你们。如此庸常的我，更是如此。

作为一个狮子座的男人，我很辛苦地隐藏在你们中间，不让自己闪闪发光。这样做是因为我爱你们，谢谢。

我是如此简单，一首歌，一个画面，就可以让我重新热爱你们。然后义无反顾地投身到，这个让我们哭泣，又让我们惊喜的世界。

2009-8-1　09:31

思想只能跑到七米

　　喝酒，唱歌，把每一天过成动词。想一想除了写作，我还放弃了什么。

　　是厌倦了寂寞，还是厌倦了自己。窗外，天色迷离，这将是新的一天，我还是昨晚的我。我要怎样找到自己，一个凌晨五点的自己。

　　原来这么多天，只有烟始终不离不弃。原来这么多年，只有你始终如一。

　　我不再觉得自己有那么累。我突然间好怀念老家的那个天主教堂。原来我所有的美好还在那里，不曾丢失过。原来我还可以回头看看，觉得很幸福，再向前行走。

　　其实我希望喝酒的时候，所有的酒都可以一饮而尽，一杯就醉。

　　其实我希望所有的朋友，所有的时刻都能珍惜拥有，开心快乐。

　　其实我希望自己能够脱掉所有的外衣，变回一个干净的自我，可以赤脚走进天堂，像一个孩子，在云的版图奔走。

　　天亮了，我们该去哪里。

2009-7-5　　05:36

走在勇往直前的路上

　　三月的天还是这么阴冷。走在环城马路上，脚步是那么软，每一步都是踩在棉花上。

　　想起上大学那会儿的每一个早晨，每天都有新鲜的太阳走在我前面。

　　想起去年的放荡生活，喝酒，唱歌，桑拿，泡吧。求生的能力在体制内弱化，过早地走进繁华。

　　很多东西都无法实现。哪怕是最简单的。比如说去一趟湘西或者回一趟老家。比如说为喜欢的人和电影写点小说和影评。比如说，和心爱的人一起吃个早餐。

　　一个人，走在勇往直前的路上。那是曾经的我。还能坚持多久？世间有美好，世间有罪恶，皆因众生均在世间。

　　我希望住在一个偏远的房子里，有院落和一些不知名的花草。要么就住在十几层的高楼上，像笼子，温馨、暧昧、压抑。

　　现在是早上九点。窗外的树杈还是光秃秃的。小鸟快活地飞来飞去，偶尔我会看它们一眼，它们飞的就更欢快了。韦应物说："去年花里逢君别，今日花开又一年。"

　　我知道我在等花开，然后等花落。

　　有没有人和我一样？

2009-6-21　10:31

知音一去教谁听

"梨花随月过中庭。

月色冷如银。

金闺平帖阳台路，恨酥雨、不扫行云。

妆褪臂闲，髻慵簪卸，盟海浪花沉。

洞箫清吹最关情。

腔拍懒温寻。

知音一去教谁听，再拈起、指法都生。

天阔雁稀，帘空莺悄，相傍又春深。"

这是宋人李从周留下来的《一丛花令》（又《一丛花》）。我特别喜欢他的"知音一去教谁听"。咏诵了两遍，突然就想起了李谷一的《知音》。把它打开，怨怜、悲冷、庸常就缓缓蔓延开在整个大厅。心底什么都没有，除了巨大的暗流。

这一切都与知音有关。

我开始不明白我到底想要什么样的生活。但是我很清楚地知道，现在的一切，并不是我想要的。

我所看到的你们，都是如此。

游泳只是为了锻炼身体；台球只是为了心平气和；K 歌只是为了宣泄；酗酒只是为了解脱。

再拈起、指法都生。我最初的指法，都献给了谁。

我想沉醉。这样可以保留一个完整的我。

当然，这和你无关。

2009-5-10　18:41

来一杯西番莲汁

夏天到的时候根本没和我商量，我就决定赶在九月之前把秋天干掉。这样一来，夏天的接力棒今年就不知道交给谁了。别看它现在热情似火，到时一定死得很难看。因为傻B大多都这样。

所以整个夏天我就干了这么一件坏事。我被憋坏了，这与职业道德无关。我想去游泳，可弟兄们都被发配边疆了，就剩下的一个还被女人打残了肾。我想去台球。可台球城里的女人都非常性感，我一去那就冲动。

作为一个男的，我不能那样。

可我从小就没读过什么书。啃完《红楼梦》我一见到道学家就指鼻子骂娘。我这人又离不开人群，可在人堆里我就是个垃圾，只有狗狗会多看我几眼，不管我手里有没有骨头。

这些天来，还没到黄昏的时候，我就开始茫然。其实这种感觉从早会结束以后就一直蔓延在胸间。我们不能去攻打一个城堡，也不能去种一棵梨树。我就看着自己像一张白纸，被时光翻来覆去。月光打在脸上，像传真机里闪过的电。

我发誓这辈子不再相信月亮。

然后，假若你能给我一杯西番莲汁，我就跟你走。

2009-5-8　15:51

疏钟已应晚来风

肩周炎、颈椎病和背部胸椎段的肌肉疼痛，已经反复折磨了我三周。

只是连续不断地疼痛。只要眼睛睁开，就能感受得到那十万蚂蚁浸入骨头的滋味。

生不如死。

这是典型的职业病。摧残一个人类快速走向死亡的必经之路。

二十来天，我突然变成一个养生专家。我都没办法面对自己的这种转型。

贪生之人，大多如此。

我有一个在手的小说，只写了 2 万字；我有一对年老的父母，正在颐养天年；我还有一个妹妹，我尚不能放心得下。

我刚学会蛙泳和仰泳；我刚对台球深深恋爱；我还没有定居重庆；我还没有领养我的女儿。

只许杯深琥珀浓，未成沈醉意难融，疏钟已应晚来风。

2009-4-27　16:33

纵使相逢应不识

"十年生死两茫茫。不思量，自难忘。千里孤坟，无处话凄凉。纵使相逢应不识，尘满面，鬓如霜。　夜来幽梦忽还乡，小轩窗，正梳妆。相顾无言，惟有泪千行。料得年年肠断处：明月夜，短松冈。"这是苏轼的《江城子》（乙卯正月二十日夜记梦）。每每读到这段悼亡的词，心中就有别样的痛。

终究是上了年纪了，岁月同样也不肯放过我。颈、肩、背的疼痛日夜提醒我是一个日渐苍老之人，只是偷生在这尘世。比行尸走肉要好一些，却比不过那些阳光下金色的小飞虫。它们自在。

除了台球和游泳，我就再无别的爱好了；除了自己和自己，我就再无好朋友，也无好兄弟了。

一个连文字都可以放弃的人，这样的下场早该熟知。

纳兰性德在《采桑子》里说："风也萧萧，雨也萧萧，瘦尽灯花又一宵。"这几天雨多天阴寒气重，我对生活实在是信心无几。

昨夜买醉。感谢卡尔，谢谢你陪我喝酒。谢谢。

所谓百晓了尘空。我把自己的救世主杀了；所以，就没人能救我了，连我自己也不行。

2009-4-20　08:32

我开始找到自己了

2009 年第二天，我突然参悟了一件事：我所看见的，其实本无新旧之分。人、事诸如此。因而，刚刚到来的这一年，对我来说不是新年。它是熟人，每年我都会遇见。

说到参悟，总觉得太把自己当回事。只是恍然间想明白了，真如同解脱了一般。无所挂碍，就是自在。自在是什么，就是解脱。我只是解脱了那么一点点，知道先后深刻于新旧。这已经很难得。30 年修行，这是一大进步。我与佛有缘，仅限于殿前。槛是我自己跨过去的，然后我终究会跨回来。皈依我断然做不到，只能想想。

就觉得很幸福。

先走的最后一天，我与酒同醉。后到的第一天，和书亲密相逢。这是一个好的态度。我开始找到自己了。这样的表达很让我为难，有点类似卷书中的初转法轮。我自己明白就好。

我开始找到自己了。

2009-1-2　17:07

当初本不来

从北京，到哈尔滨，再到边境，我已经很像一个旅者了。一路上老想着那首《减字木兰花》。"一语相开，匹似当初本不来。"

其实什么都没想，仿佛已经大彻大悟。人生就是一盏酒，我已饮其半。

非常清晰的可怕的失眠。从三点开始，到凌晨。异常清醒，安谧，诡秘。翻百年唐史，和潘乃德的《菊与剑》。一直等到被叫早。

心被冰冷的刀割成两块，一边是西伯利亚寒流，一边是日本海暖流。

所谓动情者悦人，动心者伤己。

我在某个陌生人的博上回的一段话：

"每个人，都是一出折子戏

能握住自己的，只有自己的手

能忘却的，都忘却

忘不了的，就铭记

不如想想梅兰芳和孟小冬

想一想就会很开心

因为没有永远

如果不想失去，就不要曾经拥有"

我想家了。

2008-12-14　21:32

你以为我化学了

我多看你几眼，那是物理作用。你以为我化学了，其实抗生素对我都不管用。我把我改变了，也就把你否定了。

说出这样的话，表明我还有药可救。

一个社会，无外乎制度、技术和文化。人也是如此。

从制度上讲，我是一个守道的人。这里的道和哲学无关。我的道，就是我自己的原则。大多数场合下我有自己的原则。我忠诚于家族培植和复制给我的传统文化观，然后发出自己的一点声音。在史书上我不过如此。一个看上去讲求生活品位的小市民，一个骨子里浸透宫廷怨妇气质的小混混。

谈到技术，就不能不涉及到价值。我一直钦佩产业工人，当然我不想以身作则。穷酸书生才是我看上去的本质。事实上我是一个没有技术的人。比如，离开文字，我一无是处。再比如，我可以一针见血地戳破技术的表象，但我不愿意也不可能去做。这一点很重要，它暴露了我的执行力。

更多的时候我把自己看成一个东西，这样的话我才能大言不惭地谈论文化。每一个人都有自己的文化。这个概念和我们教科书里文化的概念是两码事。你可以理解为宗教或者哲学，但这和女人无关。在公众场合我从来不敢承认我写过字或者曾经是一个诗人，或者作家。这不是胆量或者心理的问题。我们看到的文化一直在以一种弱势群体的面貌出现，问题在于，像我这样最后死在自己所理解的文化里的人大有人在。

也就是说，我们才是弱势群体。而我，是一个没有文化的人。这是我最不愿意看到的一个结局。

这样的一个人需要什么呢？醉舞经阁半卷书，坐井说天阔。功名不要，福祸共享。囊中羞涩时，也不会怒指乾坤错。

这真 TMD 是一种境界。我做不到。我能做的，就是把抗生素停掉，试着做回一个庸人。

而不再伪装成一个庸人。

2008-12-30   10:45

祝你平安

一个人的离开是那么迅速。像彩虹，瞬间即逝。

溟灭指间的烟火，一夜连续一夜。风景还在继续，像天鹅湖的夜色。只是人不在。

我如果要离开。我会不会难过。

明天要去东欧。三天前我刚从北京回来。仿佛接近了我想要的生活——做一个旅者。

我不能再心酸。我要找到自己的三叶草。

2008-12-10　　19:23

连老爷你就是个大坏蛋

我想念花天酒地的生活可一近身接触就发现自己还是不能适应亲爱的兄弟姐妹们我要怎样才能离开你们也许离开了就不会再想念

一大早我就去 ATM 提了 3000 块装在身上这样我觉得踏实这两个月过得实在不好烟只能抽 20 元以下的相当狼狈眼看银行的钱一点点变少可能是因为给客户垫了太多的钱当然我的大部分钱都变成了那些房子还有一部分全贡献给了股票和基金我打算再做点小生意没钱怎么泡女人

昨天下午好想好想我开始为自己高兴这是正常的表现我打算今天中午找个地方发泄一下其实我很喜欢泉道的男人 SPA 可惜合肥这个地方真让人生厌

韩怀旧说他要走了这多少让我伤感这样一来我的兄弟就又少了一个了时光能冲淡一切地理位置也是如此我想他离开我们的时候我一定会哭我不想这样的但哭出来心里会好受点这不叫矫情这叫友谊万岁

昨晚一场就喝多了开车时非常勇敢直到三场酒才醒凌晨四点躺在床上睡得很舒坦居然还去冲了个热水澡但是头很痛其实还是自己的大床好我现在才发现原来自己就是传说中的大傻 B 为什么要喝那么多的酒和韩怀旧一

样的傻喝多了又不能醉真让人痛不欲生

上午有三个选择一是去打台球二是去睡觉三是去干坏事我想过了今天上午什么都可以做就是不工作就是不工作从今天起我要认清自己连老爷你就是个大坏蛋

2008-12-3　08:07

第三章

弥漫指间的光

　　找不到墓碑。我没打算停下来。我总想找个时间缓慢地收拾一些东西。我不确定那些是什么。但与南方有关。我踮起脚走在大道上。这很滑稽，但不会疼。整个深秋我都是这么度过的。

市民连無柒的日常生活

如果你觉得冷，想想被你放弃过的人。如果你觉得孤单，试试霜降。

——连城

工 作

广告。案例。策划。发稿。手头总是有做不完的事情。非常烦。可我又是个工作狂。不记得谁在线上说我：你是爱上办公室了。那是。办公室就是家。如果离开了办公室，又没有人陪我嗨，我就不知道该如何度过我的余生了。

很怀念从前的那个一本书就可以安静下来的自己。

娱 乐

我的娱乐好像很简单。晚上和好朋友喝酒，聊天，唱歌。白天利用工作时间跑出去打几局美式落袋。再不就在笔记本上狂下几十部电影，回到家躲在床上一个人看。有时候写写字，有时候去元一看看电影。偶尔和同事打打斗地主，一年三两次而已。然后，就没有了。

我其实可以像从前一样，骑着单车跑到城郊很远的地方找到陌生的熟悉。

女 人

一些女人拽得跟毛线似的。我很欣赏这样拽的女人，但是欣赏不代表喜欢。通常我懒得看她们一眼。尊重并且远离。还有一些女人可以做朋友的，就千万不要和她们发生关系。因为朋友比生理重要。很难得撞到自己喜欢的款，却发现她们挣扎在自己的或者别人的爱里面。

现在基本对女人丧失兴趣了。那些绣花的枕头里，大多是些败絮。

金 钱

最近越发缺钱。本来以为自己够花就OK。但是真的不够花。如果不是外快，靠我那点薪水早晚要回到社会底层。哪晚出去玩不要花个八百一千。我实在不想抽20元以下的烟。人不就这几十年么。可是我发现这半年来我老在花银行的钱，这是不对的。

看来要转型做个宅男了。但是，在家装B没有效果，别人看不到。

2008-11-21 13:04

也 许 你 是 爱 我 的

饿了，饿得纠心。拼命地喝水。我的胃跟我，看来是跟错人了。我进食只为了生存。即便这样，还不按时。

突然间想起"倾国倾城"这个词。它曾经是一个理想。人的一生可以没有肉，但不能没有理想。

好像是玩累了。厌倦了人多的场合。不想停下来，又不得停下来。每晚都希望能有三两个人把酒，醉到七成回家睡觉。这样，就不会害怕孤独。

其实《画皮》里的小唯没有错，不是每一颗人心都是善良的。譬如我。

我把时光看成一个动词。我看它能动多久。

"靠你越近离你越远
心放的深却总是无言
有意无意有情无情
我以为你明白我
······
也许你是爱我的"

2008－11－23　12:48:15

弥 漫 指 间 的 光

我做所有的一切都没有征得过你们的同意。

所以，我很抱歉。因为这一切与你们无关。

找不到墓碑。我没打算停下来。我总想找个时间缓慢地收拾一些东西。我不确定那些是什么。但与南方有关。我踮起脚走在大道上。这很滑稽，但不会疼。整个深秋我都是这么度过的。我希望它能被铭记。

谁说夜晚一定要从尖叫声开始。

我遇到过一些人。我们没有爱过你们。庸俗代替庸俗，高尚打败高尚。我就站在门外，把绝望也带在门外。

阳光照亮你的阴阜，但不是我的。

每一朵花都是别人的花。我赞美，是因为它们不属于我。像烦躁的一天终于来临，但却熬不过最终的我。我活着的时候，我能打得过时光。

只是这一刻终于来临，我和谁相爱了我自己也不知道。

亲爱的姑娘，你找不到我了。亲爱的姑娘们，你们找不到我啦。漆黑的夜，穿心莲蔓延在山坡上。仿佛一个庸人，从苍茫的睡眠中醒来。

这一刻尚未来临。请治疗我，让我回归成一个疯子，嘴里衔着一枝浸满青汁的草。

2008-11-16　19:45

天涯　天涯

A

当我删掉 QQ 上两个朋友时，眼泪就下来了。其实，人不能没有朋友。孤单的人不可耻，但是可怜。我喜欢的兄弟，像大志，像平先，像年三、门四和老八，像三公子和小秃哥和曹会计，像我那个走到地球的那一角都会在电话里喊我一声哥的阿健，我觉得这一生能遇见你们，是我最欣慰的一件事。我开心了会想到你们。我不开心了，也会想到你们。

所以大志生日那天我赶到了芜湖。我请大家吃个饭。我觉得快活。人的生日，过一个少一个。我要让我身边的人快乐。

B

那两个 QQ 上的朋友，都是我所欣赏的。我想和你们做好朋友。一个是五百年才能见一面。一个是五百年不见一面。我只想你们过得好。人好，家也好。这一生平平安安。这一生静静走过。可你们怎么都会这样。

婚姻肯定比朋友重要。一切和我无关，我为什么要退出？

你们都要好好的。

我想到了我曾经动心的女人。可你们不珍惜。我不喜欢回头。因为身后根本没有路。你们更要好好的，因为我们已是陌路。

所以我喜欢那《那些花儿》。想到了，心里还会酸。

C

我要感谢一个人。是你给了我此生活下去的全部勇气。

我在事业的一个巅峰期认识你。在我接近崩溃的时刻，你选择留下来陪我，走过人生最难的一段时光。风狂，雨大，不离，不弃。

对我，你只有付出。对你，我欠得太多。

当你要离开我的每一次，我都告诉自己，不放弃。但是我坚持不住了。我在想，要不要给你一个空间。要不要给你一条通往幸福的道路。要不要把我自己卸掉。

多想一起白发苍苍，哪怕步履艰难，也要举案齐眉。

所以我确定珍惜现在。

这一段，给自己。

2008-8-24   10:50

身后是云海苍茫

有一段时间我疯狂地迷恋上了老歌。我曾经把周旋的《夜上海》刻成了 CD，然后在车上不停地放。

那时候我以为自己过去了。

那么一个喜欢平静的人，却如此害怕一个人的晚餐。拒绝阅读，拒绝写作，拒绝对话。

其实就是拒绝自己。

这大半年懵懵走过，还是看不穿眼前这个世界。要告别过去，却发现自己越来越像个废物。

也许本来就是。

早上看见苍苍在我的博客上回了一句话。才发现很久没去看她了。去年的冬天，十一月吧，我去稻香楼开一个中信银行的产品发布会，那天中午请她吃了个酸菜鱼。

然后再也没有见面。

苍苍可以做一辈子的朋友。我感觉是这样。现在，那家酸菜鱼没有了。那些旧的人早也没有了。

可朋友还在。

苍苍的博客里不停地放着几首歌，我喜欢死它们了。太完美了。

推荐一下：《天涯歌女》。分别是周璇、徐小凤、邓丽君、费玉清、蔡琴、陈洁丽、凤飞飞、沈丹、宋祖英、黑鸭子的。

下一秒，我决定奔向明天。

身后是云海苍茫。

2008-8-18　12:30

老爷我要歇息了

当我不想写字的时候，我会去看北北那个小姑娘。这要感谢亲爱的苍苍让我们在博上成为陌生的熟悉人。北北的指间总有一些东西能够触动我。比如，我刚刚看到她的一句："当时我想干脆把眼镜扔海里算了。"我就非常生气。我非常憎恶上帝那个老妖怪把我安排在一个如此偏僻的内陆，离海那么远。如果是我，也许扔进海里的不仅仅是眼镜。可能还有一本关于戏剧方面的辞典，一打没拆封的安全套，一张出厂前就报废的 CD，一粒很像我小情人的小石子。放心，我绝不会跳海自杀。不会水的人很容易被浪冲上海面，那场面再遇到熟人的话会相当地尴尬。如果那样的话，浴缸就好了，39 摄氏度的温度会让人很快活。

我从小生活在江边。到了长江我又不敢横渡。通常游个 25 米我就奋不顾身地往回游。因为在下只能游 50 米。早年在东厂当锦衣卫的时候，皇帝一下海老子就跑得很远。老子一下水人生就完蛋了，编制没了，俸禄也没了，还谈什么荣华富贵。所以在江边除了撒泡尿之外，我对母亲河的做法别无其他。不是说过曾经沧海嘛。沧海不是你在电话里喋喋不休讲三个小时就能讲清楚的。不信你给美国宇航局发个电邮，那单位够牛 B 吧。

你去问问他们什么叫沧海。

于是想起海。第一次是去见东海，我在海面上踌躇地像一个小老头。一句话也没说，在船舷上看着海面上一个个小馒头似的岛屿，内心却在想着：啊，东海，你真他妈的浑。接下来是南中国海，台湾海峡，太平洋。能够想起来的是泰国海面上惊涛骇浪地呕吐，和汉拿山上七分醉意的风。可我还是忘却不了东海。这就是一个贱字。谁让它是第一次呢。那时候我多干净啊，而且不自恋，而且不讨厌自己。

波波昨晚说了一句很人类的话。他说：以后我们永远也不要共事，我们三兄弟要做一辈子的兄弟。这让我很伤感。我才想起来自己也是一个人类。三公子明显喝多了，我告诉他能 YING 起来就已经很不错了。三个人总是这样重复着单调的快乐，惊人地越过日历，电光火石般把我们带向未来。从小的语文课本上总是强调"未来"这个词。他妈的，未来就是现在。跟你们说这个你们又不懂，我弄。

总是没完没了地抽着香烟，有一晚终于让我明白了一个道理：这个世上的烟是抽不完的。女人也是。那晚我靠在沙发上看着姨妈他们一帮老妖怪带着一群疯丫头疯狂地 K 歌，那时我好想平躺下来。有他们在，我睡的会安稳点。不会做梦。至少不会做五十集的电视连续剧。当然，我还想把内裤脱掉。裸睡和裸泳一样令人放松。看到这儿，你们就别装 B 了。不累得慌么。嘴里喊着"花非花树非树"，PP 没转过来就犯下男盗女娼的活。没准哪天我会把你们这类人全部改付掉。你们属于垃圾，不可回收的那种。

最近好想去那个有着很多露天池子的地方。开车过去要一个多小时。然后几个人静静地泡在温泉里面。当然不穿底裤。手能够放得到的地方要放上酒和烟。抬眼看着三两颗星星。随便找粒调戏下。那时候我一定会想起荷尔马林。这样我就不用辛苦地在江湖中隐姓埋名，一遇到武林大会又像个过气的小丑一样跳出来，并且再不用孜孜不倦地练着那什么《葵花宝典》。作为一个标本，我被你们耻笑，然后被遗忘。但是我能记住自己。

这就够了。

其实，眼睛不是用来寻找光明的，我认为它的第一功能是寻找一个人。看了《深海寻人》，我才知道老徐克在想些什么。我们一生都在寻找。我们一生都忙忙碌碌。

找什么呢，娘子，老爷我要歇息了。哎呀，洗脚水在哪。

本文时间不详

亲爱的，我们做爱吧

A

做梦也就算了，还要做电视连续剧。醒来也不知剧情，只知道节奏很漂亮，画面也很唯美。就是没有女主角。倒头再睡，梦还能接上。

原来，人生的本子，自己是写不好的。

B

多年以前我就想做一只城市小兽。人类没有什么不好，就是有点脏。洗得再干净，一看就能看出来，那还是一种很干净的脏。

总有一天，会有这样的恶狠狠的声音出现：人类！就像我们现在很容易脱口而出的："畜牲"一样。其实，你们人类真好玩。

那时候，我是一只虫豸。

C

我要站在湖边，牵着你的手。你最好只有三岁，可以做我的女儿。风轻轻从身后走过，我要给你完美的一生。

爸爸说，只要有音乐和理想，我们的人生就不会寂寞。

现在，我要努力活着。我完全可以有一个很漂亮的宝宝，我要抚养她长大。

走过的路，不要像我一样。

D

"你为什么要跳槽，你的压力来自于天花板吗？""我只是想换一种环境来生活。我的压力在空气中。"

是的，我不能再把我的生命寄托在某一个人身上了。没有谎言，就没有全世界。

真诚只是一粒药。它适合无可救药的人。

E

我在大床上翻了个身，发现你的左脚在我的胸膛底下，压得我生疼。

电风扇把空气吹得坦坦荡荡，老电台传来隐隐旧情歌，你的长发在飘。

我想带你去逛街，买你最爱的小T桖，做满十个脚趾甲，吃黄桃蛋挞，看赤壁大片。

现在，我们做爱吧，亲爱的。

2008-7-17　19:50:20

如瓷之城

耳边是《如瓷之城》开篇的伤感音乐，忧伤的，沉重的，让人感觉无法抗拒的，压得心里生疼。

窗外是大雨。一场并不算多大的雨，只是它连绵的力量，仿佛把郁闷从无形的时光中放大出来，再定格成一张灰色的巨大底片。我突然感觉到从未有过的无助。

花式台球。泰山牌软包香烟。四合院。北京会议中心。隐约的炎症。无数次地翻身。各种罐装啤酒。卑劣的天气。暧昧的心情。已经忘却了的熟悉号码。发呆。欧版的暴力、惊悚与情色电影。冰西瓜。日复一日惊人的重复和单调。

好了吧。你根本打不过现代化的专业元素。你看看那些眼神。要不，你看看自己的眼神？

我想买一根适合自己的杆子。我在马鞍山路看到了两家专卖店。这样每次去台球城时我能背着它，像一个战士。我要通过这样的活动，让自己安静下来。心静如水，才能打好球。

我的内心是一个巨大的湖，那天晚上我看到它了。湖面碧波荡漾，湖底水草萌动。可惜的是，没有一只水怪。

这样的湖是不正经的湖。我找不到蠢蠢欲动的理由。

第三章

· 弥漫指间的光 ·

回过身，看见雨点溅在道路上。

这糟糕的天气，仿佛从来未曾离开过我。

本文时间不详

三夜，七宗罪

　　饕餮、贪婪、懒惰、嫉妒、骄傲、好色、愤怒。不可因为我的故意谦虚，和敬拜天使，就夺去对我的奖赏。

——连城

北京一夜

　　接到去北京的通知一点儿不意外。我离它好远，却仿佛就在昨天。我翻看当年留在天安门城楼前的那张照片，那个满腹惆怅的少年，现在早已经不在了。

　　十年了，我总要再见那个地方。

　　我们住在央视附近的一个看上去还可以的酒店。我其实更想去前门大街那块找一个大排档。我一个人上路，走过黄昏的天安门城楼。夜色懒散，灯红酒绿，人影不断。

　　我突然起了贪婪之心。

希望占有比所需更多的为贪婪，它是人类的通性。但丁说："贪婪是过度热衷于寻求金钱上或权力上的优越。"我看上去不像是那样。我要的不是金钱，也不是权力。是一种优越。

我已经不清楚我想要的生活是什么。可是我明确，我想要更多。

王府井大街只走了一半，风太大，折了回来。钻进地铁。我在平静的空气中穿行。身边站满了"90后"的小孩子。我开始妒忌他们。妒忌之心，可能是因为时光。可能是因为时光。

北京变了，我也变了。

再见北京。我怀念从前的那个阳光少年。

合肥一夜

合肥是一座无罪之城。而我们是有罪的。

回到合肥，就回到了秩序里面。这很让人痛，并且无奈。你想表达，却要忘记失语之痒。很多人热爱这种秩序。甚至有人为之骄傲。

我骄傲不起来。曾经的骄傲之心，让我成为一个趾高气扬的家伙。我并不期望他人注视自己，却是那种过度爱好自己的人。书上说那叫作自恋。

自恋的人不可耻。

在办公室熬到九点半，穿行在环城路上。合肥的大建设让我很烦这个地方，灰尘，拥挤，雾造。在车上缓行，想着心思。路过繁花似锦的夜市，停车。上楼。打开电视。打开冰箱。打开啤酒。把衣服扔进洗衣机。吉他，口琴，飞镖。躺在床上，双腿伸得一般长。

手机一直没有响过。就好像它从来不曾响过一样。

我被告知，自己是在懒惰，以及浪费时间。

一个勤快之人，如何沦落到连钱也不想赚的地步。放弃奋斗，从哲学

的角度，这其中一定存在问题。

我突然发现自己已经有两个小时没说过一句话了。

这并不可怕。是可耻。

芜湖一夜

三十年了，芜湖其实还是我的宗教。我一回去，坏毛病就全来了。

拉上老朋友，去吃东西。我喜欢极了卡尔卡松的曼特宁。还有海螺的罗宋汤，京都的千张烧肉，小小的酸菜鱼，三哥的炒饭，大门的啤酒，老北门的馄饨，兴安夜总会对面的鱼头炖豆腐。

有了他们，有了它们，我开心。我酗酒。我不觉得那是饕餮。我也不觉得矫情。

其实，我知道我就是在浪费食物，或是过度放纵食欲、酗酒。但丁说，那是在"过分贪图逸乐"。

可能我就是一个贪图逸乐之人。

我更喜欢在芜湖大街上随意看见的任何一个美女。芜湖是典型的江南小城，依山傍水，"美女多得像才上市的草莓，成筐成箩装来"。随便到芜湖的哪个街角稍作停留，那些远远近近的女孩儿，一个个杨柳小腰，明眸流盼，巧笑倩兮，鲜活得让人感到凡尘真美好。单从外表上看，芜湖的女孩儿是我喜欢的类型。这种不合法礼的性欲，我承认是好色。

不好色的男人，不是好男人。

但是我离开芜湖了。好像也就离开了饕餮与好色。

剩下的全只是愤怒了。我憎恨你们，因此引起所有不适当的感觉，我归结为邪恶。我确定不会复仇，但是我可以否定你们。

对，是你们。

本文时间不详

去也终须去

"生怕倚阑干，

阁下溪声阁外山。

惟有旧时山共水，

依然。

暮雨朝云去不还。

应是蹑飞鸾，

月下时时整佩环。

月又渐低霜又下，

更阑。

折得梨花独自看。"

这是潘牥的《南乡子·题南剑州妓馆》。我改动了一个字。我把
"梅"改成了"梨"。

我确定，我仍然深爱梨花。

开年以来，人就过得惘然。突然间就放弃了奋斗。逼自己翻史书，看垃圾剧，学玩台球，才发现自己最大的敌人居然是时光。然后玩群，夜夜酒罢歌阑人散后，却是物是人非事事休。

心冷彻了，你认为还有什么能再把它热起来。

害怕安静。是因为心里有事。国家有事，那么多同胞在受难（汶川地震）。不看电视了，不看报纸了。不想面对自己的脆弱。自己也有事，要怎样走才能看不到自己的影子。左看看，右看看，全是一个潸字。

灾难会过去的。灾难过去以后呢。

电话有时会不停地响。可有时候，它一天都不说话。总想找个机会摔掉它。可再想想，总要在碎片里找到那张卡。

这就是现实。我逃不出去。

我看斯蒂芬·金的《巫师与玻璃球》，多的是发呆。就像我坐在旋转餐厅里的姿势别无二样。我看浮世绘也一样。我发呆的时候不流口水，这是和别人唯一的不同之处。

暧昧来的不是时候。

红酥手，黄縢酒。我确定我还需要这样的生活。可是童话只能想想。想想就忘了。我很久没碰过那种要命的迷人眼光，像你一生中遇见很多很多人。你记住也没用。就像你忘记了歌楼，客舟，还有僧庐。

命。

老妈深夜去见大师，给我算命说：二十地运，东南有喜，四十大福。

我谢谢大师。

我只要好好活着，对得起我所有的亲人。

本文时间不详

第四章

当桃遇上梨

我走完了一圈儿，才发现又回到了这里。一切都没变。和史册上记载的一样。我撞进了三月，怀揣一壶好酒，背上一柄木剑，心里想着梨花。

真的，不带这样的

我很庆幸自己能在2008年的开年就停下来。像一条大河，它不知道自己为什么就拐弯了。河水在这里仿佛静止了。它要沉淀一些东西，或者珍藏，或者放弃。

——连城

以为自己是怎么了，其实也没怎么了。书上说那叫自虐。可我反而觉得这段时间对自己比以前不要好太多。知道照顾自己了。情人节那天在家不知道什么时候弄破了左手的无名指，没半点感觉。突然就发现白色的地瓷上有鲜红的血。

我找不到血是怎么来的。抬手才发现大片的红已经染红了整个左手背，并且在快速地蔓延。我把它放在自来水下猛冲，我知道那里面躲着消毒的药水。倒是刺骨的寒意弄疼了我。我一点没觉得着急，小卫在房子里慌得跑来跑去，居然给他翻出了创可贴和纱布。我喜欢白纱布。我就是喜欢。我说没关系，哥们还有血小板。

第四章
· 当桃遇上梨 ·

近来干了 N+1 件蠢事。比如大冷天的跑到风忒大的湖边发呆，然后得出了冬天不可以跳水自杀——因为湖水太冷会冻死人的结论；比如开着车去网吧装嫩，然后和小大帮子小屁孩儿群聊，告诉他们30岁前一定要相信爱情；再比如凌晨三点回家，一个人在小区的路上铲比人高的皑皑白雪。我合肥一兄弟老是在网上候着我，我一上网就老看见他。我们什么都聊，就是不聊女人。

昨晚群里有一帮子朋友聚会。我其实挺想去的。那句"世界上最寂寞的地方是在一个人的心里"一直在无耻地勾引着我。前两天我破天荒地开始群聊。什么《云水谣》开篇荡气回肠的长镜头，《NO.1 Sans Toi》里忧郁的杀伤力，高晓松音乐里的诗歌，莲花跑车，意大利女人，香港街头的艺人……有人问我：连城你是搞影评的吧。连城你肯定是写乐评。连城你不会×××吧。我突然觉得没意思了。

我突然想起一句话。喜欢，更喜欢，更更喜欢，更更更喜欢。

我很庆幸自己能在 2008 年的开年就停下来。像一条大河，它不知道自己为什么就拐弯了。河水在这里仿佛停了下来。它要沉淀一些东西，或者珍藏，或者放弃。我像被一支箭射中了一样，站在二月的风中晃一晃。我知道前进的力量不可阻挡，或者无法阻挡。可有种巨大的力量强迫我停下来，它是邪恶的，可我宁愿被它强暴。暴风雨又要来了。没有人知道它何时会决堤。可是我知道。它永远也不会。你不信吗。等你没了，你身边的人会活得更好，可惜你不知道。你将永远无法获知。这就是生活的另一面，同样你也没办法看到。那为什么要决堤呢，你想决给谁看。没人会看的。不带这样的。

你只是别人的观众。

深圳的土家族朋友说她想念合肥了。我厌恶这个地方可我理解她为什么想念。想念是因为一些人和事。厌恶也是。那我喜欢什么呢，城市是香港，粮食是空气，音乐是伤感，爱情呢，是在错的时间遇见对的人。那你

知道这个世上什么是最可怕的吗？不是坏人，也不是车祸，或者是火灾。是你最爱的人变了，和你最亲的人撒谎了。

有三天没见我在合肥的那三个兄弟了。说实话我挺想他们的。我们可以在一起喝啤酒，聊女人，K歌，打牌，玩台球，甚至逛街。我们之间什么都没有，包括负担和回报。我喜欢他们。我忍着不和他们联系。我矫情。这就是依赖。好朋友不一定要天天见面，只要心里想着对方就成。

爱情也是。你把人当成动物，这爱也就不过如此而已了。我向全国人民保证，这人绝对是动物。人不是动物，会是什么呢。总有一天，坐在餐桌上的，是那些牛头马面老狗小猫，而陈尸盘中的是我们人类。这叫平等。到那个时候爱还会存在，就看那些个畜生们要死要活的为爱狂奔。还不如看一只狗在巷子口被一群猪欺负了，回家叫来一大群纯爷们儿的狗嚷嚷着打复架。

深夜了，两点了，精神还是特别好。想把《来生做你的大床》写下去，只是左手背还是隐疼。以后再也不打人了，实在要打的话，一定找一手套护好了。窗外，梧桐三更雨，点滴到天明。你睡了吗。我要再等会。我突然想找八女，找到了一起投江去。可这天气也太冷了点，能不能赶个春暖花开的日子投呢。可我只能游个50米啊。所以我游到25米远时就奋不顾身掉头。我还有事。我得拯救亚洲。

这不是背叛，也不是爱惜生命。我才发现生命原来不是自己的。失去的东西才永远是自己的。它们永远珍藏在回忆里。想起一点，就甜蜜一点，直到消失殆尽，仿佛什么也没发生。事实上什么也没发生。所以一定要珍惜。至于开不开心，和你一点关系都没有。你可以骗自己，不可以骗我。

真的，不带这样的。

2008-2-25　09:11:06

一天天被翻过

我好像又回到了年前的那段生活。酗酒，刷夜，无数个夜晚糟蹋自己的身体和神经。这不是一个健康男人应该做的事。

昨晚在酒吧，又碰到那个很帅气的小男孩儿，聊了很多，才发现我们是近得不能再近的老乡。他低低地和我说，哥，我失恋了。我紧紧抱住他，自己却流下了一滴泪。我想告诉他，女人暴动最可怕。可以多花点钱，但是不要动感情。可我不能那么说。我只能说生活是美好的，全中国有七亿女人，干嘛要吊死在她那里？可我说服不了自己。那些隐藏在内心深处的东西又被缓缓搅动，像一百公里以外的海啸，它又要来了。

我喜欢和陌生人喝酒，然后无节制地大醉。在玻璃杯都颤抖的音乐中发呆，看舞动的人群。这几日都是这样，早上起来头好疼，我担心开车时警察会过来，我肯定是酒后驾驶。

前日在大巴里居然丢了尾戒。别和我矜持，少来，我就是靠矜持起家的。我不顾身份，趴在地上到处寻找，碰破了手指都不知道。好在找到了，它在一个角落闪着光。又流血了，太阳，要爱惜自己。

太多的事情要做，一件一件来吧。就像生活，你再珍惜它，也是要一天天被翻过。

本文时间不详

想梨花

"立尽黄昏，袜尘不到凌波处。花香凝树。点滴暖夜雨。心如刀割，声声不出喉。情何许。无人如诉。寂寞烟漫湖。"随手改了一曲点绛唇，突然觉得自己很装纯。纯到想唾弃自己，有几只脚就踏上几只脚。

一直想看梨花，居然没见到。不知道自己被什么牵住了，总是跑不出眼前的世界。就这么晃了一晃，日历又翻过了几张。夏天其实已经到了。

我喜欢极了这样的季节。不冷，不热。清风时入户，几片落新衣。可这样的画面城市里没有。我跑到郊外的湖边吹风。我看见大片的油菜花开。没有一枝，能开在我心里。

"枝上雨、指间烟，都是啼痕。美人逝，好花稠，况且风雨。"我不再是个孩子了。童年的美好，全都忘却了。我现在的生活，其实是烟酒人间，想要快活十年。所以笙歌，恋酒。在大片的陌生人中装作不认识自己。拒绝失语，拒绝宗教，拒绝病痛和一切。

梨花淡白柳深青，柳絮飞时花满城。我就是想梨花了。

我见不到它，想想也美好。

本文时间不详

你BU懂我掌心里的每一个茧纹

八年前的一个夜，我在TOPONE音乐工场第一次遭遇科罗娜。那时的我还没成为一个拉风的男人，不够闪亮，不够坚强，也不害怕失败。科罗娜像一个情人站在我面前，玻璃台面上闪耀的光让它在当晚成为一个当红明星，而柠檬片则暴露了它处女般的身份。我只是特别喜欢它身上的味道。不奇怪，也不煽情。

当你找不到任何理由去喜欢一样人事的时候，你肯定是爱上了它。

TOPONE是我至今仍然极其喜欢的酒吧，毁于六年前的一场拆迁。从此没有再建，仿佛人间蒸发。这像极了人生。我怀念她，就像怀念远去的亲人。一百年后，没有你，也没有我。可现在我还在，这就是痛。

这就是我深爱科罗娜的缘故。我现在觉得只有它是属于我的，那是我一个人的世界。我不会再想着放任何人进来。这样一来，世界就安静了。

去年一年没醉过一回。酒量那么小，怎么会不醉？可能是没遇对人，也可能是没找对场子。绝不仅仅因为自己喜欢喝快酒的缘故。年初二却彻底地醉了一回，到底把白酒给戒了。老妈说这在我们家可是一件大好

事。我扳扳手指给她算了一下，那还有啤酒，红酒，黄酒，米酒，洋酒……

酒不能全戒，你会失去太多。我知道 $CH_3—CH_2—OH$ 不是个好东西。可你告诉我这世上还有什么是好东西？你好好想想，你别急着回答。你只要能说服自己就可以了。

我幻想着能有一天在满屋的阳光中醒来，我的大床上躺着一个慵懒的身体，他睁开眼睛，看见满地的科罗娜空酒瓶。现在的我够闪亮，够坚强，却害怕失败。

如果结局注定是这样，我可以改变过程。我宁愿被科罗娜出卖，比熟知的人要好。骗不过自己，但可以把自己搞倒，和自己上床。我深爱科罗娜这个帮凶，并且希望它能懂我掌心里的每一个茧纹。

本文时间不详

梨花送春最可怕

大盘狂跌，我意料之中，但没想过自救。因为原本就无药可救。我还是改不掉不停看手机的习惯。那个伤口总是找不到，但隐隐作痛，时刻提醒自己，被插进的矛头还留在体内。它就那样待着，一动也不动。

那是铁，闪着一丝光亮，透过黑的夜，可以看见熟悉的血丝。我试过很多办法，看整夜的电视剧，去酒吧和群魔乱舞，喝凌晨的酒，爱上陌生人。没办法，当你滋滋地锈的那一刻，你已经完蛋了。

我走完了一圈儿，才发现又回到了这里。一切都没变。和史册上记载的一样。我撞进了三月，怀揣一壶好酒，背上一柄木剑，心里想着梨花。

桃花谢，梨花开。这样的季节，突然好想去野外看梨花。要和一大群朋友去，大家肆无忌惮地开玩笑，勾肩搭背，貌似几十对狗男女八百里慢行军。我们就这样走过，好像青春无悔。

无风杨柳漫天絮，不雨棠梨满地花。我还没遇见春天，她就已经走了。只有带叶梨花独送春，没一个人知道。

本文时间不详

飞鸿过尽没书来，多许良夜怎生闲

你所有接受不了的，你最后都得照单接受。

——连城

梅样瘦，春初透。这样的夜晚，突然想念起大提琴。特别想，可身边只有口琴和六弦琴。我把它们都试了一遍，让声音充满了整个屋子，我特别不想用弥漫这个词。因为很快这个空间就被打破了。脑子里又是一些新的破事。它们总是远远的来，然后又远远的去。老发呆，这真不是个好习惯。静下来，一些画面就翻来覆去地跳动，全是碎片。有人说我无病呻吟。我无话可说。

没有病的人，想着病了的事，不可耻，也不可怜。

如果不是因为客户，我肯定不会去华伦瑞雅参加那个酒会。我在报纸上出现，在现场出席，可那些和我一点关系都没有。都说我那张照片拍得好，我看了就嫌自己老。我急切地盼着我的客户出现，签到，走人，然后我也消失。一兄弟在急急地等我，我知道他的意思。可我走不了。我得等客户。耐着性子看完了几个节目，几个国家一级演员，还真像回事。京剧，黄梅，劲舞，我怎么突然间就感受到了幸福，就想着能和自己想要的人在一起，一起度过这个突如其来的幸福时刻。我和中信的徐帅拍了留念照，元一的万课在找我，我看到了国生的东华，还有吴良材的金少。我发现了危险，我不想喝酒。我发现台上几个跳舞的安大艺术学院的女孩儿都挺漂亮。

我看着她们，我觉得特别开心。

回到办公室，已是华灯初上。离开了歌舞升平，冰冷的外卖此时显得特别温暖。打开电脑，早早上线。我不确定我要做什么。这个季节叶舞殷红，水摇瘦碧。我就想去郊外糟蹋那些新鲜的小草。我又被那个难以名状的感觉笼罩着。我出不去了。我也不想出去。小杨在电话里嚷着酒会结束了要去K歌。我其实想去，但一直在线。我突然就不想动了。酒会结束了，有些人陆续回了办公室，那些嘈杂的声音远远传来，又远远散去。我想起三年前的这个酒会，我大醉。

可现在，清醒和醉一样。还不如大醉。

哪儿都不想去。很意外地下线了。这是周五。一路上把音响开到最大，很想去金寨高架上跑一个来回。搞笑，今天手机居然呼出限制了，连短信都回不了。那干嘛不停机呢？最好不能接电话。我肯定会着急。不过没关系，日子还得照样过。

你所有接受不了的，你最后都得照单接受。

今天最大的收获，是促成报社在中信开了个户，应该在一个月之内有200万元打过去。其他就没什么印象了，漫天的阳光？莫名其妙的热？一段淡如晚风的对话？回到家，玩了会儿飞镖，收到两个朋友的短信，但回不了。看《与青春有关的日子》，想着明天要做的事：取我的三件白衬衫，送一件黄衬衫，激活信用卡，加油，看书。然后呢，做计划真累，真没劲。还不如逛超市呢，啤酒今晚就要喝没了。

我只能抽烟。熊猫，中华，软云，南京，好日子，福，金皖，烂雪茄。

　　我给自己热了杯很有内涵的牛奶，因为加了很多高乐高。我倒了一小杯香格里拉藏秘，它的神秘气息曾经让我着迷。我就没打算让这段絮叨的日子再继续下去。

　　只有北北一人看出来了。

　　燕鸿曾寄去年书，汉皋不记来时路。想象着窗外的翠松鲜竹，我又老了。

2008-3-3　11:56

我向全国人民保证

有三天没和弟兄们喝酒了。这意味着，我是不是不再需要他们了。在我的生命里，他们曾经是多么的重要。更多的时间，我交给自己。我又找到了自己的盒子。我不打扰任何人。我在里面待着，我一点也不着急。

始终放不下。这是最后的机会，没人给，但它自己来了。可是也没人珍惜。放过去了，挺让人痛惜。我努力过了。这是别人的选择。我亏欠。

阳光特别好，这几天。我一直想去郊外踏青。可我怕自己会忧伤。控制伤感是一件很难的事。你会走神。谁都不想走神。从前，我常常在路灯下看自己的影子。现在看不到了。我时常坐在自己的车里，听自己喜欢的歌。我只能看到前方。那是路，有风在那尽头。我记得曾经说过，如果你的身边有风，那一定是我在想你。

忍不住又听了《下一秒》，这是宿命，它由不得你承认与否。我想起时光，它像蜜糖。我想起回忆，它是药水。我想起自己，30 年来，是一个不完美。后来完美了，再到不完美。我不想抽自己。但是生活抽

了我。

我很累。好像我是在为别人活着。其实不关他们什么事，也不关我什么事。我只是在为自己而活着。这一点也不屈辱。来到合肥我原本想要活得更好。现在只是想要活着，这就是我 2008 年最完美的计划。

珍惜是什么。是错过。是你将不再拥有。你可以回头。但你将永远失去。我打开那段音乐，去年底它曾经让我失声痛哭。可现在，只有泪花。一点点，朦胧了一下房间，消失殆尽，仿佛什么也没发生过。

前天病了，起不来。我躺在床上，想着自己从前的所作所为。要不要痛改前非，做一个不吝啬感情的人？我做不到。我其实就是一坏人，找着机会就使坏。所以，请你们不要给我机会。

晚风不急，红酒最美。

所谓世界末日，只是一个人的世界末日。我向全国人民保证，我一定好好活着。

2008-2-29　11:21:31

调戏我吧，坏蛋

我们真应该感谢内疚。它可能会义无反顾地让你记住这个世上还有一些美好的人事。

——连城

一个人的一生，总能遇到各种各样的困难和挫折。比如说，我昨晚老毛病又犯了，一觉睡醒，嗓子异常诡秘地痛，张嘴直蹿火。我可能永远离不开那些抗生素了。家里没有了，我得去药房寻它们。这还过年呢。我知道，我迟早有一天会死在它们手里。但是我要谢谢它们。因为我是自愿的，没有一个人逼我吃那些东西。

所以，你永远不要试着去同情或者怜悯你身边的任何人，哪怕是你爱的人。可能他们都是罪有应得。

有一个晚上我很意外地在我一个许久不用的邮箱里发现了 6 封未读邮件。是一个很久没见面的朋友写来的。那么多电子贺卡，那么多祝福的话。心里有些生疼，至少，别人还记得你。朋友说，我们的友谊，没有人

能够代替。你不来看我，没关系。我会去看你。

我们真应该感谢内疚。它可能会义无反顾地让你记住这个世上还有一些美好的人事。

我喜欢《奋斗》里华子和向南在台球室里的那段"友谊万岁"的戏。小时候我曾经无数次在同学的毕业本上写下这样的留言：愿我们的友谊万古长青。30岁了，我明白了什么是友谊。当大学毕业那年我送别门四时他隐藏在眼角的泪水夺眶而出，当我在常州汽车站看见阿健送别我时哽咽的模样，当我给刘三补过生日的那晚在KTV包厢紧紧抱住他说，过生日一定要和我说……其实，兄弟比女人值得信赖。

警告你们，别再跟我说那些为爱受伤什么的破事。谁谁没爱过呀，谁谁没伤过呢。你们靠誓言来取暖，最后呢，那些誓言习惯性地化为乌有，只剩下自己，和满大街的谎言。爱从来就不是两个人的事。它只能是一个人的，永远是你一个人的爱。

以前不加入任何群，昨天拉着老苗一口气进了好几个。我这是怎么了。我了解自己吗？这是一个信号，我在改变。我还是具备可塑性的，这一点都不戏剧化，我态度挺好。我学会了照镜子。我学会了珍惜。我甚至在逛麦德龙时给自己买了香格里拉藏秘、阿华田和德国原产咖啡。

这段时间，我一直尝试着去面对我曾经做出的一个决定。我以为自己是疯了，其实很理智。我以为自己是傻了，可我还知道假装微笑。我放弃了金钱，忘却了恩典。我又一次回到书本里，那个充斥着欺骗性空气的世界。从平安夜到新年第一天，从情人节到元宵节，我一直在想。脑子里全是那些个破事。我以为我玩台球或者保龄球的时候可以集中精神，可事实上连开车的时候我都顽固性走神。

我不确定我在等什么，一直等到我丧失了重心，方向，和安全感。我不想放弃。

我放弃了新生活。我也不打算回去。我正在围墙里，我琢磨着要爬出来。可你们永远近不了我身，因为我拒绝对话。我知道我的城堡塌了，我没看见，并且不打算重建。我不希望一个人走，下辈子也不要遇见谁。我还想和所有的破事干杯，祝福在路上的朋友。

我会让你们后悔。

我想，总得有人改变吧。你不变就我变。没有改变，就没有妥协。这是一个妥协的世界。我们不要有战争，不要有硝烟。那装孙子吧，把牙吞下去，假装没有掉过眼泪。要立志做一个没心没肺的人，恶贯满盈。"调戏我吧，你这坏蛋。"可以负天下任何一人，不可以再负自己。孙子再想着要奉献。

那么，还要不要奋斗呢。卧槽，你为谁而奋斗呢。

2008-2-23　01:04:13

当桃遇上梨

开车的时候注意力这个家伙不集中，总在想事。然后神经质地犯困，到了休息区，就想进去转转。一眼瞥见太多的车挤在里面。只是犹豫了下，还是回到了高速。

其实根本就没离开过。

芜湖还是那么熟悉，或者亲切。这个小城一直在变，但像极了老家的孩子，即便长大了还是一眼就认得出。出落了，秀气了，成长了。空气里弥漫着温馨的味道。我像回到了宗教。你们不理解。

这是我一个人的宗教。

一个老朋友也没找，怕惊动了他们。或者自己。看见大门酒吧，还是习惯性地多看两眼，想着某个秋日的午后，在吧台惬意地懒坐着。旭东一杯杯地给我调酒。我们聊《读书》，或者欧洲某个乐队。并没有女人，有的只是射入窗户的阳光。旭东高兴的时候会打着架子鼓唱歌，我一直想为他写首。现在大家都忙，忙到不能回到那个午后。

小城圣诞的气氛浓得怕人。小帅哥和小女孩儿们全城出动，我走在他们中间，不由得加快了脚步。过了一分钟，我判断这与自己有关。然后高兴起来，我想和所有的人一起跳舞，唱金戈芭尔。我想起很多年前我和同行们去横店。那同样是一个很有意思的夜晚。当篝火升起，所有的认识的不认识的人都手扶肩地绕着巨大的篝火跳动起来。后来一个同去的女同事在文章中写过：我好想和他们一起跳，可我找不到LZ。他刚刚还在身边。

那时我早走了。我比谁都想加入那个狂欢的队伍。可我找不到人。当时我判断那与我无关。

今年的圣诞不出意外，还应该是加班。如果不加班，那我们还能干点什么？激情你给吗，比大盘跌得还快。

《士兵突击》是因为大报的才女写了篇评论吸引了我。然后阿三直接把DVD扔给我说不错。我从来不看内地版的军事体裁连续剧。我知道这叫偏见。突击性地看了六集，改变了我很多看法。本子真好，演员更到位。不说别的，就那个镜头感、背景音乐，还有剧中比较现代的军事装备，或者时不时来一个现实版的煽情，这片子的确值得一看。

什么东西来自于土壤，再电影化了，就一定能红。

老妈病了，我才发现自己一直都不孝顺；兄弟不开心了，可我却没心情陪他们；身体越来越差，再也不能像从前那样夜夜笙歌了；凌晨三点，当桃遇上梨，却永远要打上不见的烙印；人生充满变数，这是命。

我翻开我的药盒。我知道自己只是缺少了某种叫"斗志"的东西。男人只需要打一针与奋斗有关的针，一切都可以好起来。有人说你还年轻，你还来得及拼。可我想放弃了。就像我对阿三说，抽烟不好，要戒掉，如果有一个人让我戒，我一定会戒。阿三说，那我让你戒，你戒掉吧。我回他三个字：去死吧。

许三多说，爹，等我当兵回来，我帮你打架。我难过极了。我说，亲爱的，等我把钥匙找到了，我会把门打开。

可那时我去哪里找你们。我去哪里找你。

2007-12-8　03:12:58

筚路蓝缕，为病而生

城市的生活像半梦半睡间的梦魇。总是在停走间想起从文先生，在《无从驯服的斑马里》描述的童年湘西片段。那样的美好只是在一个人的一瞬间电闪雷鸣。然后被口袋里的电话或者马路上的喇叭惊醒，时时提醒这个血肉之躯仍在行走，一刻也不能倒下。

所以我一直向往挺起胸膛走路，哪怕体内再有隐痛。我们忍。很多人在看着你。有人希望你好，有人希望你不好，有人在打你的主意，或许窥探你的身体，或许谋划你的位置。有多少甜言蜜语，有几个不离不弃。

城市是钢铁，我们是血肉。永远也不要和自己打架。我很想和每一个我爱的人说这句话。男人好像更累些。你要成长，你要奋斗，你要做事。有家人，为爱情，和兄弟。

我们在夜晚卸妆，与酒相遇，和音乐重逢，把一支烟抽得那么暧昧。

想起美好。有遇见，不心动。人静如水，熬过所有锥心疼痛……

谁的宽容，谁的宠爱。执谁之手，与你偕老。

走每一条路，都不可能回得来。那么，就一直走下去。让我们筚路蓝缕，为病而生。

2007-12-7　10:03:05

好马不回忆

A：流光飞舞

"半冷半暖秋天 / 熨贴在你身边 / 静静看着流光飞舞 / 那风中一片片红叶 / 惹心中一片绵绵 // 半醉半醒之间 / 再忍笑眼千千 / 就让我像云中飘雪 / 用冰清轻轻吻人脸 / 带出一波一浪的缠绵……"

——《青蛇》主题曲《流光飞舞》

也许是想要尽快过掉眼下的这个暖冬。我知道过一个少一个。忘却不了，就投入。曾经写过："天下最贱不过文人，最后却要靠文字来疗伤。文字的力量，哪比得上一个人的笑？或者她心中的一滴泪。连寒冬都可以不畏惧。"

也就是擦肩。像一个人，一生要爱过多少回。

《苹果》柏林影展落败不奇怪。只有家辉还是那么性感，那么戏剧性，很喜欢这个大师级的老男人；只是看这部片子真的很有意思：进场前

的"刺激"，然后因为摄影手法而带来的晕眩感；以及整剧无条件送给观者巨大的压抑——让你幽默地冷笑，想悲哀，却流不下一滴眼泪。

回到家，在洗手间里照镜子，心中云有万层。

我又一次在空气中闻到了橘子的香味。冬天已经到了。我和门四在线上聊天，两个老男人，已经十年没见面了。这个周六的上午，窗外的阳光那么灿烂。我们的笑容那么开心。眼下的生活那么美好。

我们都在流光中飞舞，我们都像金色的小飞虫。

B：生活那张脸，轻易别看透

老 L 在天黑下来的时候突然打电话来，这个老男人在电话里低沉地说，今天我生日。

可那晚我没办法陪他。约好了一个朋友先，而且那个新朋友是我极喜欢的。我知道老 L 在心里会怪我。那就怪吧，生日那东西，也是过一个少一个。我最快乐的时候，也只是在给别人过生日的时候。

阴沉的天锐不可当地冲进一个人的心里。他看见漫天的气蕴之下，城市下起了大片的雨。事实上什么也没有下，我昏睡了一整个上午。我做的梦不再是连续剧。全是残缺的片段，一个接一个，本子写的太差。在梦里我什么都不能做，连观众都做不成。什么时候，自己做的梦能够自己编剧。

一个人的心灵有纯洁的一刻，也难免有肮脏的一时。纯粹的人，不应该是某一阵营的。如果能做到纯洁的纯粹，或者是肮脏到纯粹，他能不能被世人接受，或者被镜子里的那个人认同？我有时候懒得说话，有时候是说不出来话。更多的时候，我不知道该对谁说话，以及说什么。

W 市的电话不断打来。有人比我还关心我的前程。我整天谋划着要去乡下盖一间大院子，前庭种树后院养猪。可我做不到。我明白自己的功利性只是收敛了很多。这么多年，它只是聚集在内心的更深处，能量更大，比剑还锋利，毫不留情地划破我三十岁的脸。错了，是三十一岁的脸。大学同学的聚会上大家都在比什么？比房子，比车子，比女人。我们那一班人中，我是最优秀的之一，所以我不和他们比，我甚至不去参加那样的聚会。

我想起来在清朝我应该是一个秀才，因为聪明，年少得志；因为家底厚，然后花银子买了个举人；因为朝中无人，不能去衙门做官；因为没丧失理想，也不想在省城浪迹；因为要脸，回乡也做不了一个安静的人。我打算回老家捐出纹银1000两，请村头的老牛盖一个××希望私塾，请一个落魄秀才来教十几个穷人家的孩子。然后我可以心安理得地带几个家丁去县衙开的酒馆灯红酒绿。我要娶一个木匠家的女孩儿做贱内，我要生一大堆孩子。我悠然南山，我欺弱怕强。别把自己想得那么好，人就是那么回事。美好的永远在眼前，不然怎么活下去。

牙疼开始缠上我。我想和它绝交，但我办不到。很多事我都办不到。可有人办到了。我害怕自己在浪费生命。可事实上我已经浪费过了。而且剩下可以浪费的也不多了。惩罚一个人最好的办法，就是让他牙疼。表面上毫发无损。

今晚和阿三补偿老L。无非是喝酒，K歌。身体经不起折腾了，朋友干杯，干完一杯少一杯。我知道你们不爱听这句话，可事实如此。我们经历了多少个这样的夜晚，我们还有多少个可以经历。

生活那张脸，轻易别看透。

C：想起举案齐眉

说好了不喝酒，说好了少抽烟，可到了夜晚一样都做不到。和好朋友在一起，烟酒好像是少不了的。隐痛力透纸背，时时提醒自己是一个负伤之人。

2007年我做了一件最糟糕的错事。伤害了很多人，包括我自己。想换

工作，换地方，换掉一切，把自己换掉。

今天阳光出奇的好，大街上的人都装出很快活的样子。在这样的情况之下，我伪装成一个内敛的家伙，走进新华书店，打算找回一些想要的东西。

坐在洒满阳光的办公室，突然想起千里之外的东汉美人孟光，日日举案齐眉，梁鸿好不快活，两情相悦，凤凰于飞。

好马不回忆。

2007-12-3   08:52:00

深夜来电

　　最近的日子一直很零乱。文字像远亲，把它们忘了很久。生活要裂变，却找不到突破口。我们不像孩子，可以不考虑方向地朝一个地方狂奔。黑夜还是那个黑夜，城市的版图却变了。赤脚走在大街上，明显感觉到脚的生疼。

　　孤城昨夜打来电话，说他想我了。

　　应该是 2004 年省作协的一次青年作家代表大会，我认识了两个人，一位是现在上海的安徽籍诗人陈忠村，一位就是无为的孤城。这两个人现在还在写。路那么长。日子那么久。酒那么香。

　　突然间想到太多的片段：

　　多年前的常州三省诗会，在武进区凌晨的街道上，五木喝的那么痛快，小曲唱得那么淋漓。张健、石一龙、胡正勇、我。那好像是一个诗歌的年代，那时候我们是那样的热爱诗歌。喝的兴起，老五和一龙执意要在大排档亲手炒两个菜，烟云缭绕，夜色迷离。

　　多年的小城芜湖，和商雨在冬日的师专门口喝酒，和杨键在繁华的二街吃素火锅，和应中、阿翔、饿发、一度、石歌在一起对酒当歌的日子。

那时候我们都是孩子。论坛、民刊、笔会，膨胀、冲突、变形。我还记得忠村编选的《安徽诗歌选》，到现在还欠下他一个大人情。

想起了林染、史小溪、柳宗宣、石河、郁葱、赵丽华、朱零、向隽、王琪、黄海、素素，还有很多很多老师和朋友。

为什么一去不返的都是那些最值得留恋的……

孤城是一个忠诚的人。对事业，对感情，对诗歌。和我一样，他在人场上话很少，近年来的东西也看过一些，多了灵气，少了匠功。我到合肥以后，几乎和写作圈的朋友断了联系，也包括他。孤城说，我们很久没联系了；孤城说，我去开会赵丽华老师还问你在干嘛呢；孤城说，你一定不要放弃写作；孤城说，有空就来无为看我，要记得提前给个电话。

我为有朋友还在惦念我和我以前的文字而感动。我也为我对文字的疏远而感到羞耻。如果能让我再选择一次，我宁愿做一个木匠，在午后的阳光下打得一手好木具。

不过一定要识字，不然没办法阅读，没办法炒股，也没办法泡妞。

2007-11-6　13:18:00

第五章

知己总在江湖

同事问我"想要的生活"是什么。我想了一下，
应该是木屋一间，草地一片，前院栽树，后庭养猪。
家藏万卷书，出门见南山。不生病，能出游。如果
可以，不在朝廷上班，但每个月都能进城一次，和
波斯人泡个桑拿什么的。

曾经的一天

A：早上在芜湖，睡到七点半。不停地做梦，手里拿的好像是AK-47自动步枪，或者一把老式司登式冲锋枪。不停地开枪，没办法，不杀别人自己就得死。子弹卡壳了，紧张到醒来。阳光好明媚，透过满墙的纱渲染过来，把我定格在油画版的床上。于是在想这样一个问题：能够记得住自己梦见的是什么了，是不是一种进步，或者上进的迹象？空气中弥漫着新鲜的味道，因为才换的房子。我喜欢童年和外婆睡的那张老床。我真不是人，很久没回老家看过她了。只在过年的时候回去一次，真想多陪陪外婆她老人家，见面了却又不说话，只会往老人家手里塞钱。

我一定会后悔的。

B：起床后在房间里走来走去，发现自己很多余。决定步行上街。阳光只铺满了道路的一侧，路上的车和人却很少，这说明芜湖仍是个小城，一座懒洋洋的小城。街道边有老人家在清扫煤炉里的炭灰，一只猫弓着腰跳过他身后。我喜欢这样的城市，一是因为我曾经是它的，二是因为它的确很美丽，适合有理想主义和完美主义倾向的人生活。走到黄山路，路过我曾经住过两年的单位宿舍，没有碰到过一个熟人。在联华门口的老奶奶手里买了五块钱米粑，三块钱酒酿，老婆爱吃的东西。走回来，身上已经湿了。最近老出汗，是衰老的表现。

这是规律，没人搞得过它。

C：12点半，一起在开往合肥的高速上。不停地听《天使的翅膀》。那是一次在做足疗的时候偶尔听到的，发现不错。"落叶随风将要去何方／只留给天空美丽一场／曾飞舞的声音／像天使的翅膀／划过我幸福的过往／／爱曾经来到过的地方／依昔留着昨天的芬芳／那熟悉的温暖／像天使的翅膀／划过我无边的心上"。然后下载刻成盘子，用它打发路上的时间。开车时还是老走神，要让注意力集中很难。在王铁下的高速，那里的路刚修好，很整洁。我喜欢路边大片的庄稼地，和新鲜的空气。还能路过不知名的小集镇。破旧的建筑立面，零乱的小门面，老人牵着牛在路上，放学的小孩子如潮水般涌过道口。这样的地方我已经待不下去了，只能伪装想念。

还知道伪装，自己就有救。

D：早早来到办公室，打开电脑。浏览一下邮箱，和几个必看的网站或者博客。然后打开周刊文件夹，整理下周的采访提纲和栏目安排。这需要一个半小时。不停地抽烟，从普皖到金皖，从都宝到雪茄版的玉溪。不打算拯救嗓子了，因为更需要烟。看看左边，建筑物上曾经的"封顶大吉"已经没有了，这就是历史。看看右边，那株亚热带植物还活着，这就是生活。本来要约同事喝酒的，有人有事，于是取消，选择回家睡觉。从周一到周五都睡不好，这就是我的生活。临走前接到一个电话，找我。是大学时的老班长，他居然出现了。很多东西突然从很远的地方遥遥袭来，那么远，却能够击中我的心脏。

十一年了，我们活过的那些岁月。

E：晚餐见了三个老同学。很特别的聚会，他们选的是三河酒家。我一筷子没动，只喝了两瓶啤酒。大家热烈地讨论着过去的人与事。老 H 还是那样，一点没变，JH 也是，只有老 K 变了一点。我们谈到了离去多年的 M 姐。我不能深入，喝下去会流泪。只记得校园里青青的草，懒懒的风。青年公园里的爽朗笑声，桃花坞上的旖旎风光。最喜欢那个静静的河湾，有河面上的美丽波光，对面仿佛近在咫尺的高大的树，和隐隐走过的人与农车。我在那里丢下了太多的脚印，有一样东西，叫作青春。

回忆是毒药，有些人却离不开它。

F：在天鹅湖吹十点钟的风。回到家看完两部电影，一部德国人的，一部美国人的。灯下再翻《大清十二帝》，读完康熙了。又做完一个短容量的室内运动，包括哑铃、沙袋。想着去跑步，一看时间两点了，这个时候总不能拖着阿三去吧，太晚了。想起一个朋友在博里写道："我说：发生了一些事，我很难过。/L 说：当你从一个角度看难过，就降低标准换个角度再看肯定不错，这样就不会不热爱生活了。/ 我说：难道做人不需要原则吗？/L 说：什么是原则，原则是你自己定的，有时候你以死捍卫的原则，几年之后一看都觉得可笑，你要学会变通。/ 我说：那不是委屈自己么？/L 说：人生就是在不断的妥协中前进。"这里的 L 是我。自己有这样说过吗？原来我这么有才。爱自己，决定睡觉。

连自己都不爱的人，怎么去爱别人。

2007-8-29　05:32:00

无话可说

我在位置上头转向左，千米之外一座高楼挂上了"封顶大吉"的字样。向右，一盆快要死了的亚热带植物。

我无话可说。

选择传媒，最终还是因为深爱文字。就像你选择了一个人，最后才发现，你只是想和她相依为命。

我无话可说。

网络是个好东西。我原本以为它不怀好意。后来才发现不怀好意的那个家伙是自己。想要的不能要，该说的不能说，以为这样子别人会很幸福，自己会更幸福。

我无话可说。

不喜欢合肥，是因为它太陌生。陌生到把自己关进一个盒子，把世界关在外面。想象自己还是个孩子，想要打开一罐甜酱，却发现有人过早地尝尽了它。

我无话可说。

城市需要过客。流浪歌手需要情人。沧海需要蝴蝶。一个失语者，他什么也不需要了。

从今天起，连沉默也不再需要。

2007-7-23　08:40:35

等到花开不见来

傍晚的时候，火烧云从天边路过。我停在琥珀潭，向窗外远远地看去，没发现什么不对。突然间又觉得发生了什么。等到恍然大悟时，才发现所有的火烧云都像约好了一样，自西向东缓行。它只用了一秒钟，就烧红了一个人的心，文学上叫走神。

这几天合肥暴雨。老天屡发神经，时常搬起半盆水没头没脑地就往下泼。雨刮器打到最快，眼前还是"水漫金山"。吓坏了，打起了"双跳"，像毛毛虫一样爬行。前后的车都像约好了一样打起了"双跳"。规则真是个好东西。

由此得出了一个结论：我们不就是那片火烧云么。

"数尽残冬春又暮。等到花开不见来。"这个夏天过得太慢。想起苏小小。年十九咯血而死，终葬西泠之坞。我可以抛弃社会历史的大光亮，来想这样一个钱塘烟花女子。不知道她的夏天是怎么过的。那么少，才十九个。

老倪整天飞来飞去，在华伦瑞雅见了一面，和我一样，还是那么瘦。小卫失恋了，据说是初恋，告诉他睡一觉就没事了。徐老师要到合肥来看我，实在忙，没能见到。一个土家族朋友走了，临前发来短信：我去深圳了，我不回来了。

他（她）们就像电影，一幕幕上演着。我不是编剧。但能预见将来。不就是开花吗，然后是花谢。你猜对了，它还会再开。只是看花的人变了。前朝可能是个书生，本朝变成商人，下世纪是一只蝴蝶，叫嚷着要飞过沧海。它妈妈一翅膀把它拍下来：小样，不就是失恋嘛，飞什么沧海。

沧海在哪里。沧海在我们心里。

2007-7-3　08:06:52

叶可摘茶，根来酿酒

　　周六带队，到万佛湖拓展训练。6 个男人，4 个女生，没有任何工具和外力的帮助，全部翻过了五米高的逃生墙，这才感受到团队的力量。野外拓展的魅力真的有这么大。我看着同事们兴奋的笑脸，却一点也高兴不起来。也许是幻想太容易被实现。当它发生的时候，自己已走得过远，并且停不下脚步。不是幸福来得太快，而是对自己有太多的不明白。所以在背摔的时候，我想象自己可以像十年前看《天长地久》里的那个男主角，跳下去，希望可以撞见永恒。同事们把我托住了，那一刻，有一滴东西留在了心底。它不会有机会流出来。

　　一群人开着车满世界找土菜。晚上九点多才走进一家店。舒城的土菜比想象中要好吃极了。地衣，篙瓜，鲜鱼，排骨，干笋，豆腐。控制了一下酒的节奏，一桌人只喝了两箱啤酒。兄弟姐妹们大多吃的流光溢彩，人人的嘴都龇成了八万。肯定不只是饿了的缘故，是真的很久没吃到这么香的菜了。我对美食的美好回忆一直停留在童年。塑料精纸包好的漂亮的糖拌橘子，除夕之夜母亲手下诞生的肉圆子，还有三分钱一根的香蕉冰棒。好像就没有什么了。在合肥两年，我只找到了两家很棒的土菜馆，却很久没有光顾。连美食也可以放弃的人，他一天到晚都在做些什么。从没有过午夜 12 点去 K 歌，万佛湖之夜也算是留下了一点回忆。等我在大厅的沙发上被电话叫醒时，同事们已经不见了一批。据说是因为我不见了，所以走掉了若干人。而剩下的人此时全都卸了妆，有跪着唱歌的，有盘腿吹酒的，有肆意狂舞的。我像一个救世主回到他们身边，企图拯救我自己。夜深的时候，读书，唱歌，写作，饮酒，都是很快活的事。做爱当然要放到白天。找来找去，翻出了一首《倩女幽魂》，博得全场四位美女和三条猛男一片杀猪般的喝彩。突然间想起了 Leslie。人活着也许有前生，肯定没有来世。哥哥呢，他应该还有来世。

昨晚睡得太迟，早上听到牛叫才起床。安溪衙门的鬼子六托人送来了一捆烟草，说是南洋的品种。这才想起了上月答应要陪他去万寿街，找那个扬州来的柳红。据说柳红弹的一手好琴，还会吟诗作画。女人真是祸水。子时在南门的山岗碰见朱佃户的女儿，身后跟着县学堂的刘老师，没好意思当面调戏。心中有恨，于是折回县城大街，在永福楼门前打了一个叫王五的人。在二楼碰到老舅，和朝中来的卢太医饮花酒。卢太医说，弄你妈，跟我上京学医吧，一样混个功名！司机一个急刹车，我惊醒在大巴上。原来，回到合肥了。

给阿 B 打了个电话，姐姐的手术非常成功。这就好。我不想失去任何亲人。本周将会很忙，周刊，特刊，考试。下月，准备去参加野外生存训练，攀岩，漂流，睡帐篷。同事们嚷着，要带别人的老婆去。我想，最好是这样：大家伙全部走进深山野林，自助出行，看看到最后有几个人能够走出来。我已经对地球上的城市丧失情趣了。景区也同样如此。二十年，去了那么多的地方，能真正记住的有几个？有生之年，全部忘记。不如玩玩自己，看看还有没有什么潜能。好好活下来，就应该谢天谢地了。对了，明天还有个十二乘八的小稿子没发呢。填发稿单，签字，打电话，组稿，新的一周又开始了，狗日的没创意。

晚上在单位翻《本草》。看到地榆，酷似我在万佛湖后山所见的一株植物。三月长苗，七月开花，叶可摘茶，根来酿酒。好东西，要是女人就娶了它。

2007-6-24　20:46:08

知己总在江湖

夏天到了，绿漫山遍野，一夜之间又攻占了城市。我没发觉，也没人告诉我。这么大的事怎么没人禀报呢？我问刘三，他晃晃他的猪脑袋说不知道。我问卢老二，他的目光刻在琥珀夜市美女的身上。我抬头看看天，还是那个样子，可我们都变了。

很多人都说本周要下雨。本周就好像真的要下雨。阴云一直笼罩在心间。感觉有常年的香火在里面，闷得人慌不择路。

城市累的时候我们通常在喝酒。从九十点喝到一两点。夜深了，人醉了，一切看上去是那么美好。有一夜，我和阿三凌晨两点还坐在环城公园的马路上。阿三说，要是被领导看见怎么办？我说，没关系，他们肯定会当作没看见。

咽喉痛得厉害。还是离不开烟。就像狗离不开骨头。搞来搞去，还是烟酒实在。不会说话，可以整夜陪你。后果都知道，你自己看着办。

走投无路该怎么办？凉拌。是缺乏感动，还是漠然占了上风。血肉之躯沦为机器，再回到血肉之躯，都已经不是自己了。

都说红尘美好。好在哪里？那么多痛，不可以当作没看见。我看见网上一个裸体女纤夫的照片，我难过。我第三次看多少年前的《我的兄弟姐妹》，我还是难过。一个伪厌世者，他的下场会有多么惨。

留恋吧，也许是俗世有烟火。就像我所说的，知己总在江湖。

2007-6-21　17:14:53

我要做良民

我穿成一个人的样子，走在大街上尽量左一步右一步。我绝不横着走，也不闯红灯。如果开车，死也不违反交通法规。看见漂亮女孩子，绝不盯着她的胸部。

越是这样，我越感到可耻。

这样的年代，男人们都提着一杆枪在街上狂奔，女人们紧紧地捂住漏洞。坏人们忙着交税，好人们干着龌龊的勾当。有人在玩弄别人的忧郁，有人在强奸自己的智商。大家的心里都有事，没事的人全跑到了天堂。

我一点都不害怕手术刀，就像你不害怕万圣节里的鬼。

我打算再也不过这样的生活：下雨天躺着看书，生病时喝苦咖啡，睡觉流口水，喝酒谈心事，没事的时候发发呆，有事的时候像一条狗。

我要做良民。

昨晚被隔壁单元的做爱声吵醒。真不懂，时间那么短，还有脸搞出那么大动静。

突然想到：露气寒光集，微阳下楚丘。云中不见君，竟夕自悲秋。

原来秋天一直在我心里。

2007-6-14　09:29:05

你不越狱，我不卸妆

夏天快到了。人人都像个疯子，因为大家都异常平静。就像什么事也没发生过一样。

事实上什么事都没发生。所以所有的人都病了。橡皮筋越拉越长，医院里躺下的都是健康的人。马路上全是快要死去的人。一天以后，或是一百年。

天鹅湖已经不能让我安静下来了。不是它的水退了，而是我的人变了。没脾气，也是一种生活。我怀念沈从文先生。我又一次想到他的湘西年代。

欺骗。为什么总是欺骗。李先生说，上进心，求知欲，责任感。非常棒的表述。唐僧会在后面加上一句"做人要一颗善良的心"。我要把"善良"改成"欺骗"。

没有欺骗，就没有美好的生活。不欺骗自己，怎么活下去？

这段时间开车经常走神。高速上一不留神就超速。用一张纸，把每天要做的事都写下来，也不过十来件，怎么会那么疲倦。多年不见的朋友一见面就会大吃一惊：你怎么会那么瘦！

瘦习惯了，就这样。

想旅游。想和一大群屁孩子去一个简单的地方。可以在无人的大街疯狂地奔跑，那是黑夜的版图。或者在清晨抓阳光下的金色的小飞虫，踢河边一只不认识的狗。傍晚，浮在海面上，醒来后一头扎进蜜酱里，睁开潮湿的眼睛，听《A Perfect Indian》，看指间的彩虹在阳光下绽放。

失语。反复。神经质。无节奏的抖动手指。进食。意淫。潜。

做人真的要有一颗上进的心。否则连八戒也不会带你玩了。可是我真的不想再走进文字的世界。做一头猪有多幸福。

逃出笼子。走进另一只笼子。你坚决不越狱。我明白。所以我坚决不卸妆。勒进骨头的茳草，难看的眉与油彩，直到下一个傻瓜再恨上我。

你们搞吧。你们都搞不过时光。

好大的雨

从前喜欢雨，是不知道天高地厚。别人喊了几声，就真以为自己是公子。喜欢清晨的小雨，爱上黄昏的大雨，迷恋夜雨，期待太阳雨。一直傻呼呼的，把雨看成天的恩赐。大自然的一切，不都是好的吗？

当我接近抛物线的顶端时，我开始憎恶雨了。因为我和它同样在下坠。它会再起来，化个淡妆飞上去。而我呢？碾成粉，散为尘。

雨那么大，高速上几乎看不见路了。雨刮器像一个走进暮年的老人，它在努力，而我仍然看不清前方。所有的车在一刹那都停了下来，然后编成一只甲壳虫队伍，蠕行。是规则救了我们。闪电也来了，高速上显得特别诡异。我害怕它击中我，却又兴奋着。这是一个人的狂欢。

那一夜的雨持续了很长时间。很多农田被淹了，还有家园。我走在大街上，雨还是那么大。马路上干净极了，像处女的身子。我走了一夜。我走过很多熟悉的地方，确定自己并没有忘了它们。

好大的雨。下的越大，这个世界就越没的救。

2007-7-22   18:42:25

想要的生活

上周末生病，周期性，多发症，好像每个月都来一次。只能挂水。我躺在益民街的一个社区医疗中心，非常快活。原来打点滴真的可以让自己安静下来。不过很难。电话很多，但信号不好，突然间觉得离世界很远，越来越远。

终于搬家了，新居大得可怕。是一个有文化的暴发户装潢后，又从没住过而留下的。难得喜欢。但总觉得不是自己的。很陌生的熟悉感。还是习惯了原来的家。也仅仅是习惯。搬过来才发现，自己一直不喜欢那里。这很可怕：朝夕相处的原来自己一点也不喜欢，或者慢慢开始厌倦。这是谁的错？好了，从今天起还贷，每月2200。说肩膀不疼肯定是假的。

昨晚去卡拉OK的时候旁边的那个小女孩要我手机里的歌。她居然喜欢《你会不会》。蓝牙搜了半天，也搜不到她。然后终于发现一个"深爱某男子"。

多么伤感的一个名字。

我有100多年没有伤感过了。在告别那个青青草地和木吉他的年代后，什么白衣飘飘，什么B小调，什么我为你削苹果，什么一杯冰冷的水。十年了，我几乎全忘了它们。忧伤像水一样被拧干了，只剩下皮囊一幅。一个朋友说，你喜欢过老狼吗？那多肤浅！那是我们上初中时听过的歌！其实她不知道，那时候我们刚刚跨进大学校门。是老狼的声音在那个年代，陪我们走过了最值得回忆的一段路。工作以后是许巍。现在，谁也不是。我们连深爱的人也能忘记。

人的一生总会爱上很多人。但深爱的人总不会很多。比如我。只是幸福是一个多么复杂多么可怕的词语。造它的人实在阴险。他知道世界上本无幸福可言。或者，人只需要快活就可以了。简单到像一条土狗捡到了一根骨头，立即快活地消失在街角。在那一瞬间，它已经忘记了满腹的心事。

我若是女人，此生必定深爱某男子。同事问我"想要的生活"是什么。我想了一下，应该是木屋一间，草地一片，前院栽树，后庭养猪。家藏万卷书，出门见南山。不生病，能出游。如果可以，不在朝廷上班，但每个月都能进城一次，和波斯人泡个桑拿什么的。

肯定会去红楼一趟。

2007-6-5　07:20:51

只 能 想 想

我要说的简单生活，其实就是我所理解的简单生活。比方说音乐和书，比方说咖啡和茶，比方说女人与酒。

在城市里待得久了，人们会生同样一种病。譬如说你会感到厌倦，无论是什么，甚至包括自己。我就是这样子。大学毕业一晃 11 年过去了，突然才发现，自己已经不再年轻。看看自己也是奔三异常成功的人了，一天到晚不知道在忙些什么。鱼还知道游泳呢。我知道自己是厌倦了，用曾经时髦过的说法，就是想换个活法。可生活不是那么简单的东西，简单到你想换就换。和生活较量的结果是，你就像一张白纸，在某个夜晚被它像风一样翻来翻去。到了白天，你还得整出张笑容可掬的脸，去面对残羹冷炙。

想来是把本来简单的生活弄复杂了。问一下自己，为什么不能再简单一点。

在城市生活其实需要真的勇气。每天被同样一种气氛包围着，快节奏，像八车道上拥挤不堪的车流。内心的世界人头攒动，甚至找不到一点安静和从容。当我发现自己已经适应这种生活时，内心已经不再习惯自己了。朋友们在一起聊天的时候，大家都戏说，最好能到郊外购几亩地，搭一处小屋，前园种一树梨花，后园养几十头猪。众人大笑而终。我却在想，那不正是我想要的吗。那个谁谁，今天的猪草打了没有？

　　我知道自己是一个庸人。所以只能永远想想。这样子，就已经很好了。

2007-6-18　00:32:00

把没意思变成有意思

那天去我的客户中信银行谈一个事，在电梯口遇见一个男人，很胖，一边打电话一边瞅我。没理会，直上五楼人力资源部。然后下二楼，在老吴办公室，这个人激动地叫出了我的名字。

没想到在合肥也能遇见兄弟。

永为应该算是我从小到大的好朋友，而且还有点亲戚关系。我们同年。我们在一个学校读初中，我们同时考进另一所学校读高中。高二那年，他因故辍学，上了安徽一所中专，然后去北京读大学。这些年我们断了联系。我很想他，想我们的那个年代。

那时候他好武，我喜文。我写诗歌的那段日子他一直在钻研武学。在我们家院子里，他一去就向我展示他的内功：你们家有砖头吗？有啊。拿来！

那家伙足足跺了三脚才把一块红砖跺断。

在那所不知名的非重点中学，我们一直互相勉励，来面对内心的自卑。他读中专前的一天突然来到我家，告诉我要走的事实，我很茫然。你走了，我怎么办呢。

人生真是充满变数。我估计他应该发展的好。事实也是如此。两年前我们几乎是同时来到合肥。他做地产，我在媒体。一起进的笼子，一起买的车——都是皖 AJ。但是我们都不知道对方也在合肥。

这就是动力。在我缺乏动力的时候，永为出现了。

我们要把没意思变成有意思，这就是我们的生活。

2007-5-30　09:28:53

熟人，别点我

博客上"击鼓传花"的游戏目的是把每一个孤独的心维系在一起。规则如下：被点名者必须回答上家提出的 5 个问题。然后去掉一个问题，再加上一个问题，继续点出你 20 个博友的名字，继续传下去……

商雨点的我。下面是我对问题的回答。

1. 你怎么看待自己的写作？

我曾经那样热爱过写作，然后停滞过一段时间。那时的目标就是上一些国家级大刊、名刊，我成了名利之徒。现在，我只在博上写一点文字。写给朋友看，还有我未来的孩子们。

2. 截至目前，你对汉语有着怎样的理解？

亲切感和距离。

3. 你有宗教信仰吗？你如何理解信仰与诗歌的关系？

应该有。信仰和一切有关，包括诗歌。它俩的关系很复杂，有点像情人。

4. 今年到现在 7 月为止你的阅读情况如何？你是如何看待阅读的？

我一直没放弃过阅读——在我停滞写作的那一年。现在读三本书：

《本草纲目》、《无从驯服的斑马》、《阅微草堂笔记》。阅读让我恢复想象力和知觉。

5. 迄今为止，对你影响最大的人是你爱的还是你恨的？为什么让你刻骨铭心？

对我影响最大的人有一个，谈不上爱和恨。只是跟他工作的时间太短。没有刻骨铭心，这个词对我没用。

开始点名：

商雨点的 20 个人，大半是我的朋友（绿绿、饿发、白玛、苏浅、丑石、梁震、甄文、馨怡轻舞、魔头贝贝、张羊羊、小衣、夏雨、郑小琼、张建新、孙文涛、魏克、辛泊平、胡正勇、张玉明、梦雨轩）

我点如下 20 位（唐果、林雪、杨键、朱零、曹五木、王琪、符纯云、孤城、杨建虎、冷若梅、汪抒、苏省、北北、苍苍、黄海、周公度、胡正勇、杨过、祁国、江一郎）

我的问题：

1. 你怎么看待自己的写作？

2. 你觉得你能写到多远？

3. 你有宗教信仰吗？你如何理解信仰与诗歌的关系？

4. 今年到现在 7 月为止，你的阅读情况如何？你是如何看待阅读的？

5. 迄今为止，对你影响最大的人是你爱的还是你恨的？为什么让你刻骨铭心？

我发现自己很偷懒，连问题都不想换。

商雨，头好疼。下大雪到你那儿喝酒，要煮的酒。

2007-7-13　11:44:38

懒就一个字

最近很少写字。

主要是因为懒，我想这是最坦诚的原因。我好像在体验另一种生活——没有文字负担，哪怕是一个字。

果然快活，但是怀念。

半年来，发生了很多事。人生仿佛是因变数而存在。我很想表达，对一个陌生人把胸膛打开。我想起山上的霞光，它曾经那么慈祥地照在一个少年的身上。

活着就是不能回头看，要坚强地往前走。明知道那是一个尽头，活一天少一天，还要勇敢地走下去。人人都带病生活。

神经病。

我亲爱的朋友们，这段时间我干了很多坏事，所以没有时间来写文章。下一步，我要干更多的坏事，并且，把它们全部写出来。

要开早会了，我想睡一千年。等我醒来，人人都长了一双翅膀。

2007-5-14　06:54:00

第六章

没有一朵有好下场

床边有两个烟缸。一个是泛着蓝光的水晶，存一点点水，专门用来谋杀点燃的烟头。那浸出来的黄水像淡妆后的宣纸，好看，不好闻，其实是毒药。另一个是洁白的瓷，用来练弹指神功。

没有一朵有好下场

司空曙说："故人江海别，几度隔山川。乍见翻疑梦，相悲各问年。"我每天好像都在告别。告别什么，不知道。是落日吗，还是明月。我肯定见过那样的日月同辉的场景，但从没有过如此清晰而刻骨的记忆：明月从东方挂起，脉络像中国画里的水墨血丝；而红日冉冉掉下，再看一眼，就没有了，只留下忠诚的晚霞，把红染遍人间。而这样的场景，第二天的相同时间竟然惊人的轮回一次。不同的是，告别 YSL 后，明月挂在挡风玻璃的前方，红日藏在观后镜中。我一个人，在无尽的路上。

我已经不打卡了。指纹打卡意味着新生活的开始。我决定将它结束掉。没什么后果，反正可以承受。

那天上午，拒绝了一个好心的同事。一家公司需要我写点什么，价格要我自己去谈。我拒绝了这样的事情。我不卖字的。我又不是文人。

把手中的事 OK 掉，才发现办公室的人像约好了一样走光了。难得安静，白天吵得很，人就疯了几回。现在做什么呢？写字罢。很久没这样累过了。下午看照片，自己有一张幼时的照片，不穿裤子，流着口水，拿着娃娃，色色而憨憨地望着人笑。时光多么摧残一个人，非要让你不认识自

· 没有一朵有好下场 ·

己了，它还不罢手。

昨晚和朋友聊天，我说我应该去种田。我现在什么也不会做。我对自己好失望。JOYCE 邀我去皖南打猎。我想起沈从文先生，小时候就爱逃学，小学毕业就被送到土著军队里去当兵。我羡慕先生那样的经历。和很多人相比，我没当过兵，没种过田，没做过兽医，没下过乡。

我越来越像个虫子了。

花开堪折直须折，莫待无花空折枝。桂花谢了，菊花开了。我是舍不得摘花的，叶枝更有情。最爱的是老爸最爱种的兰花，可惜年年冬天盛开，没有一朵有好下场。

我终究还是不放下你们。没有了文字，我还能剩下什么。你们是我的家。草长了我会拔，只要我还能拔得动。有生之年，我不会放弃。

2006-11-8　21:44:09

谢谢你，赠我空欢喜

　　三上九华，脑子里一直在想。我明白这三十年来，我不过是一场空欢喜。人生如此，何况一个俗人。但是为什么，还要谢谢你。而我，应该谢谢谁。

　　想见不如相见，相见不如怀念。看到漫天的云雾，它们全部留在了一个人的心里。在天台，我看这人来人往，突然在人群中找到了自己。轮回。碾作尘土化作灰，再成为一个血肉之躯。

　　都是臭皮囊，还要怎样。你能给我的，是我不曾给你的。今天的阳光那么灿烂，却那么冷。我憎恶这样的天气。冬天已经来了。

　　"今夕何夕兮？搴舟中流；今日何日兮？得与王子同舟。蒙羞被好兮，不訾诟耻。心几烦而不绝兮，得知王子。山有木兮木有枝兮，心悦君兮君不知。"当真喜欢这样的经。在山上默默念了几遍，才发现自己喜欢的朝代不止一个，除了唐，还有越。在唐朝，我应是一个放肆的人，住在长安城，吟诗狎伎，下午就去朝廷开的桑拿泡澡。在大宋，可能我是一个书生，还会佩一支剑，但是从不打架。

　　跪在佛的脚下，足足趴了三分钟。见了想见的人，许了要许的愿。我还要轻声地在佛前念几声：我是个有罪的人。

　　看到那个满脸皱纹的老奶奶，是在半山的拐弯处。她远远地坐在她的破房子前面，只是看着我们欢笑着走过。走过了，当我回头时，她还在看着我。我看不到她眼中的一点企求或者希望。她只是看着我，我知道她并不缺钱，她可能更需要有一个人陪她聊天。

　　我也是。但掉不下眼泪。

　　没意思，就是我们的生活。跳下去，能解决一切吗？能。需要一个理由吗？不需要。我怎么什么都知道，但什么都不明了。当这一切都成为烟云，还剩下什么？是的，自己沦落，不为难她人。

　　所以要谢谢你，赠我空欢喜。

2006-10-30　01:28:33

感谢寒冬

  天忽地变冷了，一夜之间大街上的人突然臃肿起来。人人都缩在庞大的衣裳里，只露出一张张冰冷的脸。冬天来到这个城市其实已经很多天了，只是还有更多的人没有意识到它的存在。人，往往只有到了无路可退的地步，才会认真思考一些东西，然后在热闹的街头互相打着招呼：冬天到了！

  那天凌晨，我一个人走在环城路的林荫道上。说它是林荫道，其实已是满目苍凉。树们都光秃秃地站着，谁也不说话。很难得在这样一个清晨，和城市里最早的一股新鲜空气做一次零距离接触。风愈发大了起来，偶尔路过晨练的人，三个两个，挥舞着手中的中国剑，抑或自信而坚定地打着陈式太极拳。而那时我的全部精力都放在了脚下。感谢昨夜的风没有把落叶全都带走。我踩在大片的落叶上，不厚，也不薄。连声音都没有。

  我才知道，深秋还早着呢。深秋的落叶是枯的，受到外力的情况下会发出欢快的呻吟。而现时的落叶，全部都饱含了水分。也许是因为寒流的提前赴约，它们落了下来。一片，两片，很多片。这样的落叶，曾经出现在郁达夫的笔下，梭罗的瓦尔登湖畔，抑或沈从文的书中。现在，它们就这样静静地躺在我的脚下，或者别人的脚下。

　　或许是因为天气的缘故，一段时间以来，我一直处于失眠状态。时常半夜从床上爬起，思考着该做些什么。人不能始终保持亢奋状态，那样的话体力会崩溃，思想也会失去控制。我体验过这样的夜晚，起初思绪像徐徐微风，轻轻掠过夜的上空，美好的东西纷纷扬扬；继而无端发力生出大风，刮的凶猛，很多往事被吹散，飘落在思想的天空；然后大风升级成暴风，扫荡大脑中的每一个角落，那些个生活中纠缠不清生结已久的点点滴滴蜂拥而至，让人生疼；等到飓风来临，我常常被某一个忽略已久的细节惊醒，大汗淋漓，仿佛睁眼做了一个让人窒息的惊天大梦。

　　于是开灯，随手拿起一本《同学少年都不贱》。放下。再拿起一本《无从驯服的斑马》，还是放下。思想的阀门已经打开了，收不住。于是起床，检查一下可有明日要洗的衣物，打扫一下房间。流行的电视剧里管这些叫"折腾"。打开冰箱，啤酒。伴着香烟，一个夜晚很快过去。窗外寒风凛冽，天就要亮了，我却要睡了。

　　所以才有了那一个清晨的漫步。从我居住的琥珀山庄到报社，要穿过那条传说中的环城公路。我所说的这条公路实际已经丧失了它原有的环城意义。城市在快速地扩张，像童年梦中的棉花糖。环城路被更加庞大的不知名的环城马路所包围。我们都在这城中，在这被誉为天然氧吧的地方享受那一点点绿意。那一整个凌晨的寒风行走，让我彻底想清楚了失眠的问题。失眠不仅仅是因为孤独。因为孤独并不可怕。可怕的是，一个人不知道怎样度过孤独。

　　到现在我还怀念那些个环城路上的无数落叶。当我辗转反侧的时候，当我夜不思眠的时候，我想到它们。或许，还挂在树上。或许，正在半空。或许，在和风玩着冷酷的游戏。那时候城市睡了，我虽然没有，它们也没有。而我比起它们，实在是幸福多了。

　　尤其是在这个寒冬。

2005－11－18　23:33

我们是可耻的人

床边有两个烟缸。一个是泛着蓝光的水晶，存一点点水，专门用来谋杀点燃的烟头。那浸出来的黄水像淡妆后的宣纸，好看，不好闻，其实是毒药。另一个是洁白的瓷，用来练弹指神功。我的烟灰不可以像半窗灵鼠斋中《流水短长》里所说的养花，钾肥，甚至腌肉。它们只是被倒掉，不停地被倒掉，和垃圾一起，回到地里。

那一天是自己的生日，像一张 A4 纸被碎纸机 PASS。这三十年，我忘掉了太多的人事，包括自己的生日。年年如此，早早地想起，匆匆地忘记。总是过了很久才想起来，却不知道当天在做些什么。老是被一支叫作遗忘的箭射中胸膛，痛是一个熟悉的陌生人。这样子，觉得很对不起妈妈。但今年不同，据说是两个阴历七月，所以七月生的人会有两个生日。第一个忘掉了，第二个，就会记在心里面。

那晚八点，把 JY 周刊所有的版面结束掉，突然间觉得很没意思。本想约一大帮人到 KTV 嗨，想一想这样的夜晚自己一个人能过。准确地说，如果一定要醉，自己一个人也行。所以选择回家。这样失眠才有机会找上我。冰冷的酒，亲切的烟，熟的音乐，和一个庸常的人。

第六章
· 没有一朵有好下场 ·

我们日常所接触的一切，比如笔记本、笑容、Coffee、泪水，都只是一层厚厚抑或薄薄的皮，深深浅浅地包裹着它们。日子流水，不露声色，灾难来了就用造化来解释。没有人愿意直面这一切的核：闪着白光的骨。

我羡慕烟灰，烧就烧掉了，销声匿迹，一阵风过，不留痕迹。人不一样，就连活着都要分醉与清醒。所以哲人都懂得如何区别生活与理想，在做梦的时候说话，并且留给我们。庄子是这样，叔本华是这样，Friedrich Nietzsche 也是这样。我们却很傻。

那么清醒，一直到午夜。饿得睡不着，就喝啤酒。冰箱里的太冰，就拿箱子里的，更冰。24 点过去了，这一天没有了。那么简单。可是睡不着。三十年了，自己都做了些什么。别人眼里所看到的风光和磨难，现在都成了风，说走就走。你可以回头，却看不见它们。眼睛一直睁着，荧光灯，电视机，墙上的光影，渐渐陌生而淡定的气息。

《夜宴》公演了，时尚中国改版了，波罗的海三国要争取联合国秘书长人选了，叙利亚拿美国人动手了，《天国的嫁衣》又在播了。我瞪大眼睛看着眼前的电视机，这个发着光彩的怪物。它比胡说八道的报刊还要离奇，除了肮脏、虚伪、矫情和离奇的八卦之外，它还多了一点点真的泪水，比如超女中 FANS 的眼泪。我实在痛恨这个扭曲人类文明的东西，却离不开它。这很不奇怪，就像我痛恨药水，每天都在喝它。穿肠，消化，像一个生锈的水管，不管是什么，不管从哪里来，到哪里去，只管流吧，这一生就这样。

天台山国清寺住持大师给我寄来的《金刚般若波罗蜜经》中有这样一句："是人所得福德，宁为不多。"所以大和尚是不容易的，大和尚都是罪人，他们的一生都在想太多的东西。想到有一天想不动了，什么都不想了，就选择圆寂。这样的人是可爱的，他们或许不干净，但他们不肮脏。突然间又想起四年前，芜湖天主教的主教 Mr. × 在奥林匹克体育公园时问我的另一句话：你，有仁爱吗？

　　这么多年，我什么都没学会，只学会了勇气，在一些人看来那是无耻。坦率地说，我没有。或者一点点，可能一点点，仅此而已。我只是不想害人，但确是一个现实的人，就连拜佛——我只拜那个站在最上面的如来，连观音都不怎么给面子。人世间哪有大欢喜。你不能怪理想，更不能怪现实。事实上你什么都不能怪，所以这个世上才会有自虐。才会有粉，和红楼。

　　我们，我们要是蚂蚁就好了。忙忙碌碌，碌碌而终。思想这个坏东西比香烟还毒。人，本来就是个动物吗。

　　和一只动物相比，我们是可耻的人。

2006-9-26　12:40:53

红T恤

上周四去录歌。一张嘴被自己吓了一大跳，整个录音棚里冒出了一个陌生的声音。很多朋友说我的嗓子有磁性。还记得早年还有女孩儿说我在电话里的声音特好听。现在，这个声音被分解的很沙哑，像烁金绕过手指。没有办法，那是自己的，不能嫌弃。

应该是连续三周的低烧、感冒、咳嗽、受凉。加上近来的烟酒无度和熬夜，多少有点关系。再一个就是，我的声音本来就是一业余的主。对于音乐，从来我都认为只是自己的乐感好一点。仅此而已。于是就录吧，居然有几首歌找不到，像《夜半歌声》，像《时光》。临时找了些从没在卡拉OK里唱过，但自己极喜欢的歌，比如《春泥》。唱得一塌糊涂，但自己很满意。玻璃外的两个女孩子是安艺的，那个特漂亮的在用手势向我示意：你很棒。当时我正在唱《月亮代表我的心》，是Leslie版本的。

左手腕的背部很疼，右手臂不疼，是痛。都是内伤，肯定是上周打拳时送的。LIN说，你打拳时能不能不要老是想其他的问题。TMD，心中无事我还能来你这儿吗？

今天大雨。好像是秋天来了。窗外的树在风中很精神地摇摆着。透过

窗口，在它们离天空最高处的顶端，天空成了宣纸的颜色。我想，世界最好变成一张中国画。在它的上面，我是白色的。

还有，昨晚做梦时遇见星爷了。我有参与他的戏。然后，聊了几句。他是个很低调的人。再有，就醒了。

YSL 在 MSN 里说我年轻了很多。她奇怪：你怎么还会穿红衣服。我没回答。想一想，因为最近相当不顺。上月的一件新的红 T 恤送给了哥，然后很多事情就来了。应该是为了避邪。

2006-9-5　08:04:05

他沾上我的泥土

五年前我曾经去过这样一个地方，湖州。那时候的湖州已经出落成一个美丽的小姑娘。我在她的大街上走着，天空下起了雨。一点都不沮丧，因为是夏天。并且那时的我是单纯的，至少不曾肮脏过。

一条非常宽阔的大道，两边是轩昂的大厦，天空上飘着细的雨丝，城市就像一座巨大的盐水湖。街上的人却非常少，所以很干净。这样的一个人走，突然间快活起来。没有一个人认识我。在这里，我成了一个新人。是的，一个全新的人。

真希望前面永远是这条干净的路，两旁是参天大树。告诉我没有终点，我也会一直走下去。

在一个大商场的男装层，我遇见一个白衣女子。她的连衣裙，她的绿色小凉鞋，她的粉红色的雨伞，还有落在小腿部的小水珠。我只是看着她静静地走过去，瞬间有了想谈恋爱的感觉！倘若我就生活在这个城市，倘若我是另外一个人，倘若我和眼前的这个女孩儿手牵着手，谈一场干干净净的恋爱，倘若我们是青梅竹马，从小一起长大，过家家，棉花糖，橡皮筋，果丹皮……

这就是痛的根。活在生命里，美好的，暗伤的，没有一刻不向我们袭来。为什么平静——在此时显得如此珍贵。每一种活法，最后都逃避不了痛，这是宿命。就像羊羔只会吃草，然后等着被屠杀。

人更是如此。我能说些什么呢？我能说些什么呢：我的一个重庆朋友，小 Y，吸毒了；我的一个大学同学，M 姐，她自杀了；最美好的，这三十年，我全忘掉了……

五年前，在那条宽阔的大道上，我只想一直这样向前走。走下去，直到走进泥土里，看不见了。多年以后，一个孩子跌跌撞撞，在那里摔了一跤。他沾上我的泥土，跑向下一个春天。

2006-9-4　17:36:38

最近好吗

"最近好吗

木棉道

再读一次

已经不年轻了"

这是昨晚收到的一个短信。因为手机丢了，不知道这个人是谁。我看着木棉道，突然间想起了什么？

木棉道！

还有人记得我的东西。

大概是三五年前写的东东了。回过去：不好意思，我手机掉了……请问你是谁。

原来是皖西学院的 S 婷。她提到了《常》和另外的两首。大意是渐渐喜欢的意思。

和 80 年代的沟通总是有问题，因为有代沟。喜欢只是曾经的，像蓝蓝，是我以前喜欢的。很少有像沈从文那样，能让我一直喜欢下去。S 的

口味很特别，喜欢路也，雷平阳。其实，朵渔也不错啊，太多了。喜欢只是个过程，只要能对你有帮助，无论是在阅读上，写作上，还是生活上。我以为。

今天把MP3的内容大换血了。还有，元一的一组提纲出来了，以思辨性为主，应该出彩。

三组大稿，两个专访，六个版面。一座大山。

全部放下。回去。老孙说他想我了，老奚在旁边坏坏地笑。真想回到电话那边。

坠落。只有坠落的感觉。苍苍在博上留言说我是"老资"。这个评价准确到一半。是老了。连二十几岁的孩子都在我面前说自己老了。活一天少一天。

希望前面永远是一条干净的路，两旁是参天大树。告诉我有终点，我会一直走下去。

2006-9-2 19:42:29

第七章

穿心莲、溪黄草

我写不出东西来了。或者我暂时不想写了。所以欢喜我的人，请忘了我；憎恨我的人，请原谅我。皮皮说，我不再听那歌了。我知道，我知道一千遍以后的结果。

有人音书断　有人心成铁

　　刚读了一段李师江的文字。有人说他无聊，我想那个人肯定对生活充满了信心。我是比较愿意接受师江的文字风格，并且一度写过那样的东西，不过没坚持，也没能写好。那时候正疯狂地和诗歌谈着恋爱。像《李小》，就没写完。还搁在那个大院的某个房间，某个抽屉。

　　N个人告诉我今天又是情人节。晕得实在不行。昨晚是四点睡的，早上差点迟到。只要是不骑摩托而是打车上班的，就没有不迟到的。城市真让人爱恨交加。

　　今天开始要结束VITAS了。他的声音。他的音乐。

　　13905511978的号还是没拿到。本来它注定了是我的。刘冰同志马虎了。简单点，还是下手慢了。谁说擦肩而过是种美？遗憾只能是遗憾。

　　最近不怎么看书。常发呆，想着一些飘来飘去的事。然后人就会飘起来。有时候想到了山岗，想到露天电影院，想到鹅毛大雪的河边。有人音书断，有人心成铁。

　　策划和写作，还有忽悠。这是本周周刊出后的三件大事。我开始有种坏坏的想法了，并且为自己的这一瞬间得意起来。

　　神啊，请你对我好一点。

2006－8－30　10:02:41

最　美

　　九点四十分，我在冲凉的时候小 D 的电话打了进来。他说已经在最美了，要我赶快去。其实是不想去的。敷衍一下，躺在床上开了一罐啤酒。半个小时后，电话又来了。不去不行。感觉拿他太不重视了，只好匆匆下楼，打车直奔明教寺。

　　一进最美，熟悉的气味扑面而来。那是剧烈的音乐熔化在啤酒、威士忌、烟草、爆米花里面的味道。小 D 在卡座等我。还有他的一个朋友，以及那个朋友的朋友。没什么话说，只有喝酒，我找不到半醉的感觉。这个酒吧不好玩。就不停地吃东西。提子，西瓜，青豆，葡萄，哈密瓜。很惊讶第一次自己这么能吃。我跟小 D 说，很久不泡吧了，实在不想回到那种生活。小 D 在吧里像一个猎人。这一点他比我强。假若我也有动机的话。

　　他那两个朋友倒是反差很大，一个单纯，一个老练。只是我和两个女孩儿都没话说。想想这个最美，开业之初我还给它写过一个系列的稿子。老板是浙江人，很 D。不过那不能怪他。要怪只能怪这个万恶的世界。

　　第一次出了酒吧后发现自己老了五岁。

　　电话掉了，麻烦也就来了。一个短信发过来，不知道对方是谁。估计

是我那在安庆的朋友，回来回去感觉不大对。只好坦白你到底是谁，她却在那边开起了玩笑，我是你姑姑。晕死。我肯定不是杨过了。在安庆，还会有谁？

回去又冲了一把。打开电视正是《刀锋战士》一个没看过的片断。喝了两罐啤酒才有隐约睡意。想起两个场景：进酒吧的时候，在明教寺对面看到马路上一个女孩儿喝得大醉。醉得太早了吧，当时心里这样想。回到琥珀山庄时，经过正在修路的工地，发现一只很可爱的小狗卧在沙堆上。又喊了几声它的名字：来福，小强，旺财，丧彪，它没有反应。可能它根本就没有名字。

今天忙完了，就能松口气。元一的策划和商之都的系列，还有一个指名要我去的地产商专访都在后面。但无论如何要去一次超市：牙膏。七喜。餐巾纸。方便面。

最美。我想最美的东西都在书本里。

贴一首过去的东东，在民间文化网找到的。还有一张自己画的钢笔画，画于两个月前（略）。

2006-8-29 08:02:37

对自己保持熟悉

周一到周二总是最忙的时候。这样的被套住，是个无奈的办法。周三那天人总像风筝，在三万米的高空突然被放掉，一直向西，飞到极乐世界。不考虑会不会摔下来。因为周一又会到了。

打算把MP3里的音乐全都换掉。包括VITAS的。最近发现了更好听的歌。很低的，很沉的。

移动L冰刚打来电话，我要的那个1976的号码他办到了。很好。这个号码不出意外的话，应该会跟我一生。

很害怕自己会变成乔尔·舒马赫镜头里的斯图。可能我是在反思。我清楚自己是一个什么样的人。我是个不错的人，和我的朋友们一样。但是我害怕自己会变。

所以要时刻对自己保持熟悉。

2006-8-28　　10:05:05

三百多公里

早上在芜湖遇见一个鞋匠兄弟，几年来他一直把我当朋友。把 BOSS 皮带打了个眼，死活不肯收钱。他是个残疾人，我一直有给他鼓励，我能给他的也只有这些了。谁给过我鼓励？在我最需要的时候。

九点到港西，处理 GP 笔记本电脑的事，再回市区。然后坐上返合肥的大巴。下午那个讲座肯定是要参加的。缺席不好，不能老是不给领导面子，做人要低调。请假更不好，实在不好意思。要尊重我的工作，那就是在尊重自己。我想。

讲座听了四十分钟，坐不住了。GB 老总其实应该讲点拓展市场方面的东西。公司的流程没有多少人会感兴趣。何况她的语言表达实在是糟糕。假若是易中天来讲就好了。突然想到中天先生讲曹操在做调研员的那段日子，那时我在浙江丽水考察。选题实在重要，表达更为关键。学问，永远是学无止境。

想到四年前我去师专签名售书的时候，就讨了个巧：让大家来提问题，我相信我的表达。倘若真要我来谈诗歌什么的，估计是一团糟。结果现场效果还好。现在新东方工作的那个研究生，就曾说到当时他的感受，原来那天他也听过。今年三月,母校让我回去开诗歌讲座,婉言谢绝。因为已经知道自己有多重。聊天可以,讲座肯定不行,我倒是可以帮着请一些诗歌大师去。我坐在下面抽支纸烟,就足够了。阅读与写作,我宁愿选择前者,假如只能选择一个的话。

这样的话人活得很干净。

拔腿就走。马上回芜湖。一天300多公里。在路上的感觉很好。除了累。

反正都是在路上。走一段少一段的。

2006-8-26　14:37:58

喝凌晨的酒

很久没有喝到凌晨的酒了。昨晚的风好大，雨湿唐装，我成了在风雨中漫步的人。不怕生病，因为病还没好呢。问题是闪电太吓人，你根本就不知道它的声音会从什么地方响起。比如说在芜湖路口，那串炸雷就从我的头定上空绽开。偶的神，不会光临我吧。

还有很多事没做完呢。

要先说两个片断，再聊凌晨的酒。先看《半醉人间》，这部看上去简单而平淡的香港低成本制作的电影。起初根本没在意——我所喜欢的黑社会题材的港片只是为了节奏和视觉的刺激，例如《黑社会》或者《杀破狼》。就像麦当劳：它只能满足胃。港片总是肤浅的怕人，要么深刻的片面。《半醉人间》不是这样。短镜头的快慢交替，大画面的凝固与绽放，细场景的短促切换，压抑的兴奋、流动的真实感。难得晴朗和邱礼涛两人配合的这么好，纯粹是一些导演的技术活，他们做得如此干净，让人来不及反感。我不知道它的编剧是谁，有几句台词写得真沉。想一想就是那么回事。卢巧音带了一帮新面孔在里边，感觉新鲜。现在一看大明星就头晕，像左手看到右手。这绝不是什么审美疲劳那么简单。我注意到邱礼

第七章
· 穿心莲、溪黄草 ·

涛导演过很多部片子，像 1991 的《中环英雄》，还有 2000 以后的《散打》。他还没有出好作品。如果可能，希望能看到代表他自己的一部好片。

再一个是，昨晚看《蓝色生死恋》。当妹妹在海边不顾一切地冲过去抱住失散多年的哥哥喊了一声"哥——"，眼泪就哗地流了下来。单位的一个小同事白天曾经很诧异：你还看那个啊，我都看了三遍了。言下之意：你都那么老了。呵，那老 L 还看什么《王子变青蛙》呢。我是那么地讨厌言情剧。只是《生死恋》中的两个小孩子纯真的表演打动了我。就像《我的兄弟姐妹》中的忆苦思甜那样一样让我感动。懂事以后好像就没流过什么眼泪了。让我动感情的片子有三个，还有一次就是《金刚》，最后的场景让我对人类彻底失望和愤怒。

这世上让人珍惜的，只有父亲、母亲和兄弟姐妹之间的真情。

12 点打电话，老 L 还在公司。看他郁闷得不行了，就叫了阿三，一起出来喝酒。希望能拯救。就在琥珀山庄，街道上静静的，因为雨还在下。龙虾一条街很少这么清静。我喜欢这样的时分，这个时候能走到一起喝酒的人实在只有是好朋友才行。好像一百多年没喝过凌晨的酒了。那些暧昧灯光下浸透动感音乐的啤酒，真的是久违了。我想起在丽水那晚的酒吧。幸好只待了一天。不然准出故事。老 L 说他不想回去了。那么就唱歌去吧。凌晨三点还要唱歌的人，是疯子。当然，天才和疯子都有一个共同的毛病，就是有事没事都发发神经。

早上发现电话没了。摩托罗拉 V3。好了，旧的不去，新的不来。

有节制的放松。是的，这样很好。

2006－8－25　13:42:50

147

穿心莲、溪黄草

这些天交了很多新朋友。譬如说穿心莲、溪黄草。低烧、感冒、扁桃体炎、咽喉炎、咳嗽、发神经。该来的全来了，瘦了十来斤。同事都在说我自毁前程。二十多天，也能扛过来。神啊，你还要怎样才好？

人有问题的时候，车也出了事。这叫心灵相应。午后的一阵大雨过后，摩托车的蓄电池没电了，点火器淋了雨不吱声了，点火开关受伤了，左刹车线病了，七七八八三百多。想想这匹马，也是心疼。毕竟跟我，应该对它好点。

昨晚又去了双岗，这个号称合肥最乱、最色情、夜生活最丰富的地方。还是烧烤。我们这帮老家伙去那里的节目好像只有一个。老L似乎心情不大好，九点多了还要坚持去那个地方。我和阿三晚上可是什么都没吃。坐下来，照例是大鱼、鸡翅、牛筋、脆骨、啤酒。突然间不饿了，一点没吃，陪着喝了瓶啤酒，心却在想着别的事。那个岔路口的美女很多，比牛毛还多，那晚却一个没见到，全是恐龙。阿三念了句台词："红烧鸡翅我喜欢吃。"是周星星的。

老徐所说的那些30以上40以下还在扮纯的人，就是指我们这些了。

生存压力没有，精神压力却是硕大。阿三说他心如止水。老 L 说他心乱如麻。那我呢？心如刀割？

我实在是不想去那个地方了。

最近的工作，评价看上去很美。没有压力，有那些烦琐的事也好，不然静下来是很要命的。西安的周公子在停了一个月后又寄来他编的刊物。如果十月西安万人高校的那个活动策划成功，我是一定要再去西安的，看看他们，那些很久不曾谋面的好朋友。

有一个小女孩儿，说我想要的很多。其实她并不了解我。我所想要的是什么，有多少，我自己心里很清楚。这是我和别人的区别。有点像克里斯托夫·波伊在《重建》的艾里克斯，我面临的是人生最后的一个十字路口。

无意中在网上找到一篇写我的文章。感谢你们还记得我。我现在回归成一个正常的人了，呵，祝福那些还在路上的朋友。

今天很多事。组稿。确定选题。易拉宝的内容。处理微软秋季校园访问的事。论文提纲。和一个朋友喝茶。好像有一百多年没去喝茶了。很奇怪，有些东西丢掉了也就丢掉了。

贴一首东东，也是在网上找到的，是还在坚持写诗的张建新帮我贴的。谢谢兄弟（略）。

2006-8-24　10:10:37

举头回望

之一：绿豆百合汤

不相信爱情。是因为早晨绽放的花朵傍晚会散落一地。到了第二天，你又会遇到更灿烂的一朵，尽管她不是你的。

我注定做不了花匠。在一首诗中我写道："那些花儿，在幸福的风中／摇摆／我记得那样的美／我记得你眼中的忧伤。"那时候我还在常州。那段落魄的日子里充斥了劣质的香烟、打错的电话、残缺的歌声和失眠的夜。第一次喝绿豆百合汤是在一家名叫"夜色"的咖啡馆。坐在我面前的女孩是这篇文章的主角。她顽皮地在我面前晃来晃去，并且把一片片百合挑起，看着它们在澄亮的汤中微微旋转。大厅里弥漫着一首多年前的老歌，歌手在不厌其烦地唱着："踏上缘分的列车，只有一个人，只是过客，认识你认识我，早注定是个错。"

我们在雨后滑亮的道路上行走，看霓虹灯下散落的人群和玻璃窗后各式各样精致的巧克力。那个女孩不愁吃穿，整天在家睡觉、听音乐、看 VCD，晚上和一帮朋友开 BENS 泡吧、唱歌、喝凌晨的茶。我始终把她看成是一只刚刚闯入世界的小鸟，寂寞却不孤独，热烈却不奔放，喧动却不夸张。我至今还奇怪她的内心竟如此丰富、如此诡异、如此天真。与她相比，我则是一个精力充沛、想入非非、胡说八道的家伙，这是她的评语。

当我发现喜欢上一个人的时候，我会认真考虑它的可行性。这种感觉已经很多年没来过了。爱情只能有一次，而且注定是在你错过或把握的时候流走。忘却是痛苦的，但却是必要的。我想，我们之间根本是不可能的。我选择逃避。直到有一天接到她的电话。她站在雨中，看见我时拼命地微笑。坐上摩托车的后座时，我的背后就热乎乎湿了一大块。

我什么也没问她。苦对于每一个人来说，味道都是一样的。我们在雨中穿梭了一整夜，直到耗尽了摩托车里最后的一滴油。多年后的今天我依然记得常州的绿豆百合汤，记得那位喜爱巧克力、银杏叶和苦丁茶的女孩儿。我想，娶了她也许会改变我的一生。但是，爱情不是万能的。当你与它完美相遇时，实际上爱情就离你很远了。

就像夜夜唱的老歌，首首都会与众不同。

2006-12-13　11:30:41

之二：下辈子做流星

一天傍晚，朋友打来电话，说今夜有流星雨。我惊讶于他的精力充沛和想入非非。那时候我正在灯下再读李卫公与红拂私奔的故事。我不知道当晚的流星与我有什么关系。我连想都不愿想。两年前曾写过这样一首诗："连续三年了，我的手一直插在口袋里／三场大雪／我连碰都没碰过它们／一个三十多岁的老男人打我身边擦过／他搓起一团雪球／快活地砸向天空。"我想起自己，都快三十的人了，一天到晚在忙些什么。

都说看见流星雨时许愿会很灵。我想我这辈子都不会看见。人生有很

多东西是一去不返的，像雁过寒潭，像倦鸟不归。流星应该属于内心富有的人。只有这样的人才会夜半登高，苦苦相望，身边必定还会坐着一个听话或不听话的小朋友。内心贫乏的人，只会月疏灯暗，歌唱一半，纵然把阑干拍断，也不会去等什么流星雨。而我的内心还剩下什么呢？

慵慵的懒，一点点的饿，一两个朋友无意间在我的心里刻下的一两句话语。因此，我不需要流星。快乐的日子，哪天不是抬头见彩虹，夜夜有流星？

在黑暗中打开CD，重新温习《卡萨布兰卡》，想想窗外的风和夜色下潜伏的万物生灵，不知道今夜会不会睡得更香。

倘若下辈子看不到流星的话，不如做一颗星星，看见自己喜爱的人，就选择坠落，把天空划亮，让她看见。

2006-12-27　　10:32:54

之三：油菜花开

一日在一个久别的朋友处喝酒，他说，等到油菜花开，我们一定要出去走走。

我已经记不清是什么时候，第一次撞见大片的油菜花开。那一年，心中的事装得满满的，像酒，淳厚而甘美。我在城郊送一位不可多得的朋友。他的身影渐渐消失在灰色的大道，两边是金灿灿的油菜花地。我透过泪水看见一个点在浮动，在闪烁，在跳跃，然后殆尽颜色，融入到晚昏的空气中，只留下风声边寂，一个没有表情的天空，一个茫然若失的我。

我孤独。为朋友，更为自己。站在风中，什么也不想，什么也想不了。突然间就有一只手紧紧纂住了我的心！他是北宋的晏殊。他说，"高楼目断，长亭别离"。

我们都是浮世中的草。那与油菜花们又有什么区别？年年春天，花开重逢，离离别别，来世再见。它们能够抓住最美好的季节，把最灿烂的笑容绽放。而我们呢，在都市的喧嚣中寻找安静，在内心的最深处寻找希望，在日子的平庸里寻找爱情。时光可是比水还快啊，怎能抬头就见凋零！

于是又想到那一年的春天，几个朋友相约踏青。那是怎样的花样年华。长长短短的身影，曲曲折折的岸堤，清清爽爽的微风，停停走走的心情。那一大片幸福的油菜花地，写着大写的两个字——"青春"。

从回想中惊醒，朋友递过酒杯："将进酒，杯莫停。"他看出了我眼中的伤感。他说，天快亮了。

而我，始终在想着那些那一棵棵站在荒郊野外一年一度如期盛开的油菜花们。

2006-3-23　10:49:24

（很多年前写的一组，当年好像是发在了《雨花》，要么就是《南方》。翻出来贴上。这几天事情太多，人太疲倦。2006 年 TMD 走到了尽头，我怀疑自己也是。）

错过谁的春天

一直在等什么。一直等不到。那几天好困，困得睁不开眼睛。在高速上打过自己的脸，告诉自己不能睡。路那么长，夜那么黑。那么多陌生的熟悉。

回到小屋。太阳那么好，那么温暖。可都是假的，一离开它，人就冷得受不了。把两件白衬衣丢在了干洗店。如果你们再不听话，我会扔了你们。我真的会扔了你们。

重阳没能登高，也没能陪亲人，像没过一样。万圣节那天是周二，心情像理想，时而憧憬，时而沮丧。晚8点，累得很，不想说话。和同事们去了明爵，是第一次去。音乐太小，气氛太差。拿了一打科罗娜，我喜爱的那种。在酒吧里突然想起来，昨天的晚餐是一个汉堡，当晚吃的是一碗面，在益民街的无名巷。那里本来是一个小酒店，然后换了面馆。再想起大前晚，九点钟，饿得跑到了超市。逛了整层楼，看不到一样自己想吃的东西。

舞台上是一个菲律宾的老女人跳舞，然后换成俄罗斯的。酒吧里人不是太多，很多人都戴了面具。全都是鬼。夸张的灯光下，群鬼乱舞。我看上了一个吊死鬼。她的白色的脸拖得好长，她的舞跳得好夸张。我喜欢这样的感觉，我想自己是一个鬼，今天是鬼的节日。鬼没有什么不好。你们都来害我吧。我死后一定不会出来害人。别把我挂在墙上。我连吓人都是不愿意的。

老奚说，我们每人拿 20 万元，然后一起贷个 200 万元，怎么样？我说，好啊，到宣城、池州、铜陵，这样的二级城市总能有一番作为的。老奚很有信心：凭我们的头脑，没有不行的事！眼前的这个老男人，是如此的老，和我一般的老。你不知道吗，我决计放弃我的一生了。不想上班，不想做生意，什么也不想了。我太大了，好像已经晚了。倘若有来世，我20 岁前一定发家，一定。老奚，你去找个对你好的女人好吗，然后随便转转。转到一个可以安静的地方，颐养天年。

颐养天年。我才不要坐在轮椅上。怎么死我都不会老死。要相信化学的力量。一点点，一瞬间。或者像哥哥一样，那时的我，不会害怕难看了。你们全都不相信。你们一定会后悔。到时候你们都会张大了嘴。然后你们会把嘴合上，继续过你们的日子。

《别问我爱谁》真的很好听。最近很多人都在听老歌。老歌有什么不好。老歌亲切。老歌曲曲都是剑。酒，就是穿肠毒药了。那么烟呢。它是朋友，永远对你忠诚。即便你错过了所有的春天。

贴一首好听的歌。

别问我爱谁

词：陈文玲 / 李安修

曲：Ko， Sung Jin/Ha， Hae Ryong

你是谁　在我面前

155

我知道　有多危险

我是谁　在你面前

这一切　已不能重演

你若要离开我　别说再见

那会让你痛彻心扉

我若会离开你　也请不要伤悲

你不懂我的心　只懂我的美

别问我究竟爱谁　也许只是缠绵

那盛开的滋味　短暂却是永远

别问我究竟爱谁　就当花的笑靥

我知道怎么爱　可是错过了你的春天

你若要离开我　别说再见

那会让你痛彻心扉

我若会离开你　也请不要伤悲

你不懂我的心　只懂我的美

别问我究竟爱谁　也许只是缠绵

那盛开的滋味　短暂却是永远

别问我究竟爱谁　就当花的笑靥

我知道怎么爱　可是错过了你的春天

别问我究竟爱谁　也许只是缠绵

那盛开的滋味　短暂却是永远

别问我究竟爱谁　就当花的笑靥

我知道怎么爱　可是错过了你的春天

2006-11-7　20:07:21

暂　别

　　这两天的阳光灿烂的可怕，我怀疑它的真实性。冬天明明就来了。你们不相信。你们喜欢。你们等着吧。不给自己加衣服的人，有生之年没有一个好下场。

　　我写不出东西来了。或者我暂时不想写了。所以欢喜我的人，请忘了我；憎恨我的人，请原谅我。皮皮说，我不再听那歌了。我知道，我知道一千遍以后的结果。

　　人世间，也许不寂寞的人是没有的，而寂寞的人却是各有各的寂寞。像现在的我，若能有一方"钱塘苏小是乡亲"的印，或者足矣。

　　　　　　　　　　　　　　　2006-10-23　　14:18:08

我怎么哭了

我坐在靠窗的位置，看见窗外的树们，把初秋的光和影一点点摇过来。透过明亮的玻璃，它们那么随意地就淋湿了一个正在发霉的人。只有眼前的笔记本闪着熟悉的光亮，看着我。这样的呆坐着，突然间就想到大哭，不为自己，也不为别人。

我怎么哭了

□梁　震

天空黑黑的　华灯
点亮城市的表情
绿的　红的　蓝的
我的眼睛高度近视
我猜不透镜中的慌张

第七章
· 穿心莲、溪黄草 ·

时针指向十二点　脚步

在大街上踏响寂寞

影子水一般拉长　风

把往事错过身后

像忧郁的晚雾　弥漫

我怀念这样的夜晚

交响乐在城市的上空

飘荡　月光照在脸上

当时　我怎么哭了

（2000 年）

以为自己是一个不经事的孩子时，那个人已经开始老了；以为自己是一件不完美的瓷时，它已经受过暗伤了；以为自己是一个庸常的人时，这个人已经俗到了让自己厌恶的境界。曾经的气息没有了，取而代之的，是陌生的、奇怪的、可笑的。

见过一个人大哭，没见过哭得这么惨的。他的声音，撕裂着什么，穿透了整条空阔的街。我从他身边走过，没有停留。一边走，泪水一边在眼里流动。这样的感觉，像极那一年的正午，我走过香港旺角的一个地下通道。那个歌手旁若无人地弹唱着《一生何求》，我很想在他身边坐下来。但是没有，我热血沸腾地回到地面，把内心的一滴眼泪留在了地下。

人有时候像羊。以为自己很风光，很理想，很完美，很价值，很生活，很开心。但是我们都逃不过被屠宰的命。这就是命了，没什么好解释的，不像化学反应，可以用公式来说明。

我不是一个善于感动的人，只是有时心软。没有几个人见过我的眼

泪。独立以来，哭过两次，一次为爱情，一次为生活。为爱流的泪，是真，也是贱。所以记得的只是有一年的初夏，和一个并肩作战的兄弟，从午夜的酒吧出来，坐在空旷到极点的大街上，有生以来第一次为自己哭得那么投入，一辈子都忘不了。突然间觉得自己对不起好多人。只能靠自己，因为我们都在这个浮世上。

秋天真的到了，这正是我念念不忘的一个季节。看着夏的背影，不知道说什么好。我是如此的不喜欢眼前的这个夏日。能记起的，只有几个夜晚。很想不打招呼，跑到一个没有任何人认识我的地方，住下来。院子里要有一棵树，屋子里要有一本书。山顶上要有一阵风。一盏灯，一条狗，一个人。门前有九月里河流的波光，空气中的枯草味道，阳光下金色的小飞虫，早晨八九点钟的太阳……那样的生活，过两天，足够。

这样会让人更加珍惜眼前的生活。

2006-9-11　11:41:23

第八章

每一个人都有自己的房子

　　自闭的人通常喜欢把自己关在一个盒子里，不出来。因为他敏感，像毛毛虫。或者他以为自己是智者，看透了这红尘的一切。在中国这样的人只能做和尚，不然就只能选择跳下去。我不干。连城是一个聪明人，他舍不得眼前这个花花绿绿的世界。

连城在合肥（节选）

（1）

"我要发表心灵，但不公开隐私。"连城 2006 年 10 月 5 日于德胜门一带。

在合肥，我是一个极端自闭和自恋的一个人。我羞于回到自己以前的那个世界。你们根本不知道我以前的生活。我曾经以为自己是一个优秀的人，在字典里那叫作"精英"。然后在遭遇了一次重大的游戏之后我开始真正面对镜子里的那个人。我学会了羞耻，并且第一次发现自己是那么地无知（请注意，是那么"地"无知。这表明"无知"是动词）。关于无知，这一点是人都知道，只不过有些人知道得早些，有些人知道的晚点。我大体上属于后者，这很好。我才三十岁。至少还有二十年我可以活得更明白点。

自闭的人通常喜欢把自己关在一个盒子里，不出来。因为他敏感，像毛毛虫。或者他以为自己是智者，看透了这红尘的一切。在中国这样的人只能做和尚，不然就只能选择跳下去。我不干。连城是一个聪明人，他舍不得眼前这个花花绿绿的世界。这样看来我就要被划入敏感的毛毛虫序列。我不喜欢这个动物，却有人把它当成宠物来养，比如我 MSN 上的楼下的小女孩。事实上"敏感"这个词语并不适合用来形容我，也许"皮薄"更能恰当地描述我。用我们的方言说，是"皮消"。多年来我终于克服了这个不算太致命的毛病，可以比较自如地应付个各个场面，面对领导，或者面对吧女。我学会了怎样让自己的皮厚起来，尤其是脸上的那个部位。这样才不会脸红。脸红是危险的，它会暴露出你内心的某个东西，你也许不明白那是什么，但你必须清楚后果。

回到那个盒子，连城有一个更精辟的词语来形容它。包厢。只有中国人是如此热烈地爱着包厢。酒店里是，饭店里是，KTV 是，夜总会里也是，就连酒吧这个纯西方的东西，投资人也会辟出 1/3 的面积绞尽脑汁做几个包厢。文化人解释说那叫安静。事实上除了猫三狗四在聚会时可以划拳拼酒，学者、教授在包厢里也会呼五喝六。安静只是为了更好地吵闹。那就只能用"隐私"来解释了。你打开电视或是翻开报章，就可以发现时下的中国人民是多么热爱"隐私"这个东西。我悲愤，为这个隐私流行的时代。我对隐私不感兴趣。尤其是别人的。我只喜欢待在自己的盒子里，然后打开灯，把自己照得雪亮。

如你所知我的包厢一共有三个，一个是单位——一座庞大的公用机器。一个是住所——位于琥珀山庄某个不起眼的三居室。还有一个我也不知道它在哪里，有时候在我心里，有时候我找不到它，为此我很气愤。就像你想扇眼前这个无耻的人时，你找到了他的脸，但找不到自己的手，或者脚。你才发现自己是一只毛毛虫。有谁见过毛毛虫发火吗？我问这个只是为了礼貌，因为正常的人根本见不到。我倒是想象过一只牛 B 哄哄的毛毛虫提着长矛利器冲向舞台，然后我戴上自己的"阿玛尼"，才瞅清楚那根长矛就插在那只可怜的虫虫自己的身体上。

自闭不是因为这个世界。问题肯定出在自己身上。前半生我犯过一些

错，有些是不可以原谅的，但我会忘记，而且没得选择。从这个角度上说连城是一个健忘的人。我不喜欢合肥，所以也不喜欢这里的人。没打算要和任何一个人缩短距离，哪怕一点点。这个时段我好像不需要朋友。我微笑着和每一个人保持着陌生的距离，说该说的话，写该写的字，做该做的事。没有一个人能走进我的心里，看一看这个盒子里的人是怎样面对生活的。30 岁了，我开始怜惜起自己来，黑头发、小胡子、厚嘴唇、透明指甲、粗大的 JJ。书上说那叫作自恋。我很想弄一部摄像机把自己拍下来，饿的时候，进食的时候，发呆的时候，裸体的时候，做爱的时候。我觉得眼前的这一切很快就会没有了。不像流星，总有一天你能再见着它。

这样一个在合肥没有朋友的人，这样一个不喜欢微积分、不会打中国麻将、不喜欢穿衣服睡觉、不会修小闹钟或保险丝的人，连城。2005 年 6 月，他来到了合肥。并且在一座庞大的公用机器里认识了卢二和刘三。如果没有他们，就没有连城。

当然，如果我是一个人的话，我会改名叫连七。

（2）

当然，我如果是一个人的话，我会改名叫连七。

曾经有这样的一个夜晚，空气里充满了空心菜和无耻的味道。我和卢二、刘三坐在益民街的某个拐弯处，烤肉、酒花、口水和一场激烈的讨论。卢二是一个厚道的人，刘三也是。厚道在这里可以用这样一个例子来诠释：你在大街上突然被重重地拍了一下脑袋。非常重，眼前同时飞来了很多蝴蝶和星星。你回过头，那个人说，呀！不好意思！我认错了！卢二会说，没事。刘三会说，不要紧。你——贵姓？

喜欢喝肉骨头汤的狗大体上会走到一起，而有吃屎癖的狗则会结群出动。人也是如此。知识分子形容说那叫"物以类聚、人以群分"。这样说

第八章
· 每一个人都有自己的房子 ·

太容易把自己当回事。我曾经憎恶过文人，一是因为自己做不成，所以愤青，二是因为这个行当确实 × 得很。卖笑不卖身，妓女把它们分得很清。就连现在也有做台和出台之说。而现今的一些"文人"大约已经不很分得清卖字和卖身是不是一回事了。这个问题非常严肃，一般场合我不讨论，说白了你们也听不懂，我知道你们已经尽力了，别老眨眼睛。

之所以说那个夜晚无耻，是因为我们在讨论一个话题，要用一个短词来成就我们仨。这是不容易的，历史上只有站到一定层次的人才能想到这个，而且大多在死后才能流传开来。所以那晚真正的价值在于我们要"创造"或者"改写"历史。所谓历史，就是发生了，然后用一支笔把它写下来。发生历史的人是过客，像刘备；记载历史的人是工具，像司马迁；改写历史的人才是天才，像刘三。改写历史，我指的不是时代精英改变社会的导向。我的意思是：擦都不要擦了，直接把那页纸撕掉，然后重写一张。刘三在我们当中是一个不可或缺的人，对于我和卢二不屑做的技术含量比较低的事情，譬如记录，他会很认真地记在他那个七斤半的脑袋里。

往喉咙里"咕咚"倒下一大杯啤酒，卢二激动地说，我们，我们是 × × 三剑客。我把下巴从地上捡起来。不是鸭下巴，是我自己的。是这样的，现在合肥流行用掉下巴来形容自己的惊诧。但是成本很大，如果舍不得钱到安医大附院去折腾，就得到巷子口的私人小诊所找江湖郎中接下巴。我拆过半导体，修过电风扇，所以自己能接。我的意思是：人家三剑客都是带家伙的。芜湖话说"东西真多"。你们有什么？我出门不带利器，随身携带的只有一把家伙，可那东西只要是男人都有。"三剑客"这个概念传出去，德胜门一带的牙医一定一夜暴富，全世界的人听了会满地找牙，肯定是笑掉的了。刘三那个巢湖人在此时发出了一个声音：那就叫三坨屎。

他大声地叫出这个短句，同时放了一个巨大的响屁，吓跑了在脚边觅食的一条土狗。听到这个短句我像太阳穴被人猛砸了一铁锤。是的，刘

三那斯一脸凶猛的真诚。我都没脸承认自己是，怪难为情。是的，我们是要有面对的勇气，可我们更要有一种文艺的生活，不是吗。所以，即便自己是，也不能轻易地说出来。与事实相比，低调和素质是多么的重要！况且，如此嚣张的话也很容易出事，我指的是得罪很多的人。为什么呢？一些人会嘲笑你，然后开始恨你；另一些人会发现自己连屎都不如，这样子的仇恨，是非观音菩萨而化解不了的。

我们无耻地一致通过了这样一个概念："岁寒三友。"连城是根瘦竹子，卢二是棵老青松，刘三是朵寒小梅。在场的人没有一个脸红。

我始终觉得"岁寒"二字必须是非很文化的人而用不可的一个词。我特别喜欢在中国画里的"岁寒"，这样子践踏它实在很不人道。就像中国刮了两年的"超女"后，我现在都不敢用"超级"这个词语了。现在我们聊到《天琴座之米鸣》的完整版，聊到VITAS，聊到普鲁斯特，我们绝不会用"超级"二字来形容。回到"岁寒三友"这个话题，我不是很喜欢竹，只是和它瘦的十分像。我倒是热爱甘蔗，同样的瘦，但可以用来绞汁，会流出许多甜的水，告诉你生活是多么的美好，这是题外话。卢二大概不很清楚"松"的含义，"松"本离不开雪，那样子实在是一个好的装饰。再加上一个"青"字他便十分地喜欢，"青"容易让人想起年青，而他的头发已经开始成群结队地离开脑袋了。刘三则像一个暴君坐在灯火通明的大排档里，悲愤地痛彻我们耻笑他为梅花。我花了三个夜晚的时间让他明白，外号上加一个"寒"字是很有文化的，文化的批得了。他还是不甚满意。大概是有一次我告诉他，有才华的梅大多只出现在潦倒文人笔下或是欢歌青楼之中。最后刘三还是欢天喜地地接受了这个称号。因为他是刘三。

无数个夜晚，当我们告别白日那座庞大的公共机器的秩序后，在我们无度地挥霍我们的生命之湖时，这个记号让我们有了回忆的痕迹。从那天开始我记住了自己：连城是根竹子。他可以被劈开做成竹筒饭的盛具，或者成为一双竹筷子，一床竹凉席。在古代，它还可做成一支箭，用来远远射插在一个人的胸前或是马背上。连城开始有用了，虽然要历经扒皮抽筋穿骨洗髓。那个夜晚，我在内心细微地呐喊了一声，并且开始用竹子的眼光打量眼前的这个世界。

首先从益民街开始。

（3）

首先从益民街开始。

如果益民街有美女的话，那么这个地方实在是一个好地方。我习惯面北背南站在益民街的街口，一个我很喜欢的方位，这样的话我的正前方可以看到长江饭店，这个正在走向暮年的老东西。左手是一家菜市，像一个高人隐藏的很深，在它的入口周边有三两家龙虾广场。广场不大，打一套完整的陈式二十式估计要走三四个来回。右手是红星路，衣食男女们喜欢在这条街上购置时装，偶尔能看到乔装打扮的小资和老资们在街上出现。以他们的档次和身份，被人发现在这条街上购物是很丢脸的。我的背后，是一家酸菜鱼馆。它是我们益民街生活的舞台。里面的服务员们都很年轻，比个别超女还要丑。只要不上死鱼片或是把前一天没卖掉的沉鱼片端上来，那味道还是不错的，我以为比梨花巷的大众酸菜鱼要好吃。

无数个这样的夜晚，连城、卢二和刘三这三个人就潜伏在灯火通明的益民街的某个路口，喝一口啤酒，夹一片酸菜鱼，看一眼街上一百年才走过一回的美女。这个时候我就异常怀念芜湖的双桐巷。什么叫美女如云？文字表达不出来。到双桐巷一望便知。陈丹青说：美女，美女都在大街上。这话经典。多少骚客不厌其烦地在文章中描绘过双桐巷的美人。这不能不说到美女的产地。现在到苏州看不到美女了，杭州也是。米脂我没去过，不敢说。就安徽而言，淮南、淮北、安庆和芜湖，倒是四大地产美女

之乡，街头随处可见。每次回芜湖，两天时间我能在街上遇见100多个。至于双桐巷为什么会有那么多的美女？原因实在简单：那里面什么好吃的都有。凉粉、米线、酒酿、水子、昌扁鱼、老奶奶牛肉面、鱿鱼片……你所能想到的人间美食那里都有。美女没有不好吃的，大家下了班、放了学就一路地狂奔过去。女人好吃，男人好色，这实在是那个小城的标致美景。

然而益民街什么也没有。我看到人来人往，却没有一个场面是我所喜欢的。劣质轿车趾高气扬地驰过，迷离游荡的灯光，午夜舞女的漫游，杂色人等的烧烤聚会，这一切和我格格不入。事实上我不喜欢城市的中央。我更加偏爱二环甚至三环以外的地方。这其中的茫然和惊诧，外人很难察觉。我不想这样子影响我的兄弟卢二和刘三。很多时候我们就端坐在酒桌边，很忧郁地缓缓诉说每个人对生活的看法。我们谈人生，侃工作，聊家庭，但从来不提及爱情和理想，更不提未来，没有人会想那个。偶尔谈过刘三一次莫须有的恋爱，刘三异常腼腆。但我们知道，它还没开始就结束了，连"夭折"这个词都用不上。毕业于安徽工业大食堂的刘三从不沮丧，只是有时候他会很无辜很良知地问我们：我是不是该找个女人？

我由于长期受到咽喉炎和肩周炎的困扰，一旦坐下来就会不停地抽烟，或者摇头晃脑。因为立场太坚定，而且过于高调，在"文革"年代我肯定会被拉出去枪毙。在益民街，我除了喝酒就是聊天，发呆。卢二比我优秀之处在于，他会放电。这在书上叫作用目光杀人。我曾经仔细分别研究过卢二的两只眼睛，发现他黑色的部分很大，而且聚光。卢二只要把额头稍稍低下来一点点，那两只眼就会不露声色地放出光芒来。据说他曾经电倒过不同档次酒店的服务员，连大排档的也不曾放过。有一次出了点意外，电倒了电线杆上一只无辜的麻雀。

但酸菜鱼馆的服务员们都是人精，尽管一个个长的都不漂亮，却没一个上他的当，而且买单时会多收银子。我和刘三只是奇怪，卢二会把他的蓄电池隐藏在他身体的哪个部位。这是很奇妙的一件事。我见过有人把电动车的蓄电池从车上拿下，吭哧吭哧地拖上六楼的办公室，用公家的电来补充体能，然后下班时再把那个几十斤重的怪物扛下来放回车身，非常敬业。我们从没见过卢二充电，即便他彻夜不眠，眼睛也会放出热乎乎的光。

对于目光杀人，我保持沉默。只要卢二不杀我的人，好说。连城从来不会用目光杀人，这大概很难练，比铁砂掌要难得多。记得六岁的那年我曾经用一整个夏天的时间来练一本破书上说的铁砂掌，打破了父亲的若干个花盆。终于有一天父亲忍无可忍，下班回家后一巴掌把我掀翻在我们家小花园的土地上。那时我才发现，父亲的掌风比我的厉害多了。他的功力怎么会如此深厚呢？

人应该拥有什么样的生活？没人知道。我只知道像我们这样子的肯定就是生活。啤酒，香烟，酸菜鱼。很多人羡慕我们在凌晨还能喝酒，文艺一点的说法是喝凌晨的酒。我们从不泡吧，那里实在太吵。我们只需要安静地说话。七月的一只蚊子躲过了无数次类似于巴掌一样的灾难，它也成了我们忠实的听众。直到有一天那蚊子歪歪倒倒地飞过来，停在我的耳边很细微地对我说，我要走了，再不走深秋都要来了。我可没咬过你们啊，你们三个，我一个都没咬过。

益民街只是我们停留的一个画面。换句话说我们都是机器，基本上每一个人都是。我们有思想，但那思想不是我们的。我们有呐喊，但那声音比蚊子还细。如果工作是肉，我们就是绞肉机。我们熟悉，我们熟练，我们熟能生巧。我们走在勇往直前的大道上。到了夜晚，当城市这个庞大的机器运作进入尾声，我们选择这样一个地方停下来，我们回归成三只小兔子，或者三条不回家的土狗，或者休息，或者喘息。没有缄默，没有矜持，没有时尚，没有人认得我们。我们端坐在酒桌边，放荡地聊着政治、艺术和女人。有一天我们仨走在回报社的路上，连城突然抬起头盯着天空

看。连城吼道：益民街也有月光！

那晚的月光像母乳，把三个垃圾照得雪亮。

2006-10-10　08:12:11

我很爱你（节选）

（一）声声不断的滴水

那年我第一次去 S 城。我第一次看见十字马路上的红绿灯。我跟着人群穿过斑马线，心中却有一种莫名的兴奋。我看见大批的自行车群潮水般涌过路口，我只在电视里看见过这样的场面。我走在陌生的人行道上，想着我在这个城市里的新生活。从南关口走到北京路，有二十一站，我走了一个小时。七月的风吹过城市，空气里只有火的影子，还有汽车尾气里的味道。

爸爸说你要坚强。爸爸挥一挥手，消失在人群中。我只看到他的背影，是灰色的。我想通了，爸爸是对的。人总要学会一个人面对生活。离家之后，我每月给家里写一封信。我不确定他能否收到。总之没有回信。我也不确定我是不是很想家。没有人告诉我怎样才算坚强。不想家就是坚强。我想我做到了。

我工作的地方是一家小报社。编辑部里连我一共六个人。每一个人我都不喜欢。我只喜欢自己，书上说那叫作自恋。没关系，自恋的人不可

耻。老总是个读书人，总喜欢用文言文写字。他安排我在三楼的一个小房间住下。里面很小，刚好放下一张单人铁床。事实上里面也只有一张单人床，坐上去铁架"吱吱"响。有一面墙是湿的，据说它常年都是这样。因为墙那边是一间厕所。我讨厌这样的地方，却想着要把它布置成一个天堂。我只是喜欢有一个很小的地方，刚好能够容得下我躺下。有时候，人只要躺下来，一切都会变得美好起来。

吃饭的时候小王示意我到会议室去。那里的空调开得好大，冷风吹的凉到了心底。单位是提供午饭的，有青菜有肉，还有红烧豆腐。小王一边吃一边说你打算干多久？我吞了一朵青菜。我真的不知道哪天走。我压根就没想过这事。那是我第一天上班。后来我才知道小王晚上有兼职。她在一家模特公司里挂牌，晚上会跑很多地方走秀。我很羡慕地看着眼前这个一米七六的提着两个大眼袋的小女孩儿。事实上她比我小两岁。小王说，你跑这地方干吗呢？刚走掉两个人，一个人是被开掉的，我啊，我早晚要走。说这话的时候她看着窗外大片的梧桐叶。那时候我所在的这个城市的法国梧桐特别茂盛。两年后省政府下令把它们全部砍掉，而那时我已经成为另外一个人。

我的办公桌是别人的，上面堆满了我不喜欢的东西。暖风机的盒子，小浣熊方便面的箱子，很多建筑业的资料，一个脏兮兮的大杯子。所有的抽屉都是上锁的。换个说法我和它一点关系都没有。我只是坐在它面前的一个人。老李的头发都白了，他坐在我的左边，我的右边是墙。墙上有两个很细微的字，是圆珠笔的痕迹。我凑近了看，是"李小"。李小是谁？我问老李。老李摆头就去打水了。

晚上七点，我端坐在北京路冰冻街的一家大排档里吃蛋炒饭。那个时候所有的霓虹灯全部亮了起来，城市突然间变得很美。我想着两个月前刚刚分手的兄弟们，想着寝室的墙上留下的话，想着想着就流下了眼泪。龙津啤酒好苦，一瓶就够了。蛋炒饭很香。我的胆囊炎就是在那时候培养的。到现在我丢了很多东西，比如音乐，比如诗歌。但是胆囊炎没有丢，它一直陪着我。

马路对面就是我单位所在的四层小红楼。三楼那个不亮的窗口就是我的小窝。那时候我不认识城市的模样，到了夜晚我无处可去，就蜷在那张铁床上听 963 经广台的城市夜话。收音机是弟弟去深圳前送的。我在那时喜欢上清歌的声音。直到现在还喜欢。很多个夜晚我在清歌的声音里度过，还有隔壁声声不断的滴水。

（二）我要让你们满意

影子可怕吗？影子不可怕，可怕的是人。从二楼的办公室到三楼的小窝，要穿过一个长长的过道才能上楼，廊灯只有一盏是亮的，再后来就再也没亮过。但是窗外的霓虹创造了影子。那时我才发现自己的影子太瘦。我吃盒饭，方便面，蛋炒饭。我的睡眠严重不足，晚上看史记通常会看到 11 点，然后听广播。我听说谈恋爱会人迅速胖起来，而失恋则会让一个人变得很瘦。后来我才明白，那全都是骗人的。

我的床上堆满了东西：脏衣服和干净衣服，书，收音机，矿泉水瓶，方便面，纸巾。铁床下有一个鞋盒，躲在最里边，我懒得动它，也从来没怀疑过里边有什么秘密。事实上里面什么也没有，除了一双旧旧的塑料凉鞋，勉强看得出来是粉红色碎花的那种。我曾经臆想她的主人是一个什么样的人，有一点是肯定的，是一个女人的。

同事小王告诉我，它是李小的。我同样在那面斑斓的充满水渍的墙上找到了这样的一句话："太阳出来了，可我们要睡了——李小。"是圆珠笔写的，很细微，但很用力。通过小王，我知道这就是她住过的房子。小王说，李小特漂亮，也很有才华，在报社干过一年，然后就走了。据说是去西藏旅游，然后再也没有回来。小王说这话的时候神情很古怪。我确定

她有话要说，但始终没说出来。我想问，又不知道该问些什么。

但这一切显然都与我无关。很快，我就投入到紧张的工作中了。老总如我所愿很器重我，我不在场的时候他经常表扬一个叫杨十三的年轻人。没错，杨十三是我。我采访过的建筑业的老总们都这样叫我。他们都是暴发户，他们都习惯叫我十三。这种叫法很亲切。所有我认识过的人都这样叫过我，只有一个人没有过。她一直叫我哥哥。直到最后一面。现在我可以确定我爱过她。不仅仅是爱过。

我的工作技术含量其实并不高。换个说法是个读过书的人都能做。每天早晨按时到办公室，不用打水不用扫地，那个叫老李的白发老头全都包了。他还会帮我倒掉茶杯里过夜的茶叶，再用开水把它烫一遍。一开始我很不好意思，总想着跟他说声谢谢。后来渐渐就习惯了。

没事的时候我就在会议室看报纸。《人民日报》，《安徽日报》，《S城日报》。有事的时候老总会拍拍我的肩膀说，十三，你和小王去二环北路大路建筑有限公司找刘总，你去采访他，写三千字，要让他满意！你现在就去。你打车去。说完话他自己就提着个茶壶一边品茶一边翻报纸，或者看《小说选刊》。我想疯了他手里的《小说选刊》，有时候是《新华文摘》，还有时候是《钟山》。

编辑部里还有30多岁的两个女人，都是跑广告的。偶尔会回来和老总大声报告她们的业绩，或者领回一堆痛斥，跑到办公室用我手中的报纸堆瓜子壳。我不怎么喜欢她们。我到现在还记得有一个女人这样表扬过我："十三真可以，十三掉了五十块居然一点反应都没有！要是×××都闹翻天了！"我不喜欢那样的评价。我丢钱是因为我自己不小心。我没反应是因为我不喜欢在别人面前打开自己。后来我才明白她那不是表扬。我还在上班时间撞见过她俩在逛超市。我当作没看见，因为我也在逛。

尽管工作简单，我还是认真地去做每一件事。老总会常说的一句话是：你要让他满意！到现在只要一有人拍我肩膀我就会本能地想到这句话。怎样让那些老板满意？与文字无关。我采访他们的时候通常很虔诚，一开始我真的很仰望他们。也许是因为不了解。后来这一切成为公式化。我记要点的时候小王就在一边拍照。但她的动作明显影响了我的采访对象。所以很多时候都是小王在和老板对话，而我就望着老板桌上的电话机发呆。

我第一次采访的对象是一个包工头，他特别喜欢别人喊他老总。他用了一个小时向我表述他刚从北京参加一个高级 ×× 班回来。我明白这个事。我能把一个庸人写成一个英雄。这是文字的魅力。后来我的采访对象升级了，换成一个地产公司的老总。他缩在一个巨大的沙发上眯着久经考验的双眼看着我。然后他的秘书扔给我一大堆材料。回来后我把它们变成一本报告文学。因为那个，在那个小城他和我都红了。我很意外，因为稿费给了三张。

那时候我没把文字当成朋友。准确点说，我只认为我应该让所有的人满意。我那时傻到了一定程度。比如说在大街上你揍我一拳，我绝对不会还你一脚。我以为这个世界是美好的，至少生活是美好的。

要是我知道生活曾经被那么多人糟蹋过，我一定会成长的更快些。

（未完）

2007－7－28   16:54:57

每个人都有自己的房子（节选）

整个城市已是一座空城。

最近老看《士兵突击》。我害怕离别的场景，又期待这样的时刻。我会难过。人是不是越老越脆弱？整个办公室中午就剩下两个人。1983 年出生的小女孩儿坐在我的侧面打字。绿色的茶叶在杯子里旋转，黑色笔记本安静地坐在办公桌上。我转过脸朝向窗外。我不想别人看到我的眼泪。

26 层的高度看这个城市，我看到的都是美好。白天是疯长的写字楼，那里面天天上演多少美好的故事。我看到太阳光折射过来的光芒，只是无意间刺你一下，眼睛就疼了，你能感觉到繁华的杀气。到了夜晚，无数个加班的夜晚，糜烂的霓虹灯横行夜空一城斑斓。有些人夜夜笙歌。有些人大醉而归。那么多美好的人和事箭一般掠过我们的身旁，消失在无边的天际。那个时候，我就躲在自己的房子里。

每一个人都有自己的房子。你找到了吗。

（一）

我在一家业务跨中国大半个省的进出口商务公司工作，我做的职位是企划部主管。公司有100多人，我认识的不超过一半。当然，他们应该都知道我。因为常年跟在老总身后的人只有两个，老管和我。我们每个部门都很独立，只有到了需要配合的时候，我才能感觉到这个团队的力量。每个人都很努力，大家都在拼命地往前赶。能看到的只是背影。如果你掉队了，第二天就会被替换。那时候的老总是一个很意气风发的人，但他把这种感觉收敛得很深，以至于看上去像一个平民。但他在无意间散发的才华横溢和突出的领导才能的确让我折服。我喜欢这样的领导。如果是打仗，战死也值得。做事一定要跟对人。但后来他走了。我开始找不到北。太多好不容易才抓起来的东西，一件件在滑落。像雨后的彩虹，看着它消失，无动于衷，然后在某个回忆的时刻突然毛发倒竖。肯定有人错了，那个人应该是我。

公司里我最佩服的是销售部门。他们像冷兵器时代的士兵，扛着丈八青铜矛行走在城市的血管脉络之间。我体验过那样的生活，得把自尊双手交给别人。我喜欢销售三部的李响，工学硕士，我不明白他怎么选择了销售。他的白衬衣上总有新鲜草汁的味道，这不容易办到。他和我一样，白衬衣总是新的。因为我们都是穿一件扔一件。有一次凌晨三点，我和李响在锦华道的韩国烤肉吃夜宵。李响说，女人也是。没有哪个女人天天在床上等着你。要么你背叛她，要么她背叛你。我问李响，那爱情呢。李响说，爱情不一样，你穿一次就够了。一件像样的爱情你一生只能穿一次。

我不知道。我想起我的初恋女友。她简单的长发，干净的衣着，还有纯净的微笑，是我在20世纪最值得最值得回忆的一件事。我不确定我们之间是不是爱情。走过的那段路，仅仅是回忆，却好像从未发生过。我以前是不扔白衬衣的。我洗它们，手洗，或者干洗。每一件我都舍不得放

弃，哪怕叠在柜子里，一百年也不曾碰过。我想到马翠花。在遇见她之前我是一条鱼，我的身体里有很多细小的刺。一生中总会有很多女人遇到我，拔出其中的一根。我不想扎到她们，我也不疼，更不觉得少了点什么。遇到马翠花后，我贡献了我的一条完整的肋骨。我自己能感觉到。体内少了点什么，有人说从此没看到过我站起来。我不以为然，但我明白自己是完蛋了。我老了，走错的路，不可以再回头。所有的回忆里只有这么一个女孩，她在茫茫中睁大眼睛看着我。我喜欢她的眼睛，那么单纯。

我的工作首先是不停地开会，和那些来自天南地北的商务精英们。公司的商业伙伴很多，大企业更多。和他们的精英在一起，我也伪装成一个精英。我和他们打成一片。我的第二个工作是召集新闻媒体的记者。在这里我就成了公司的新闻官和宣传代言人。那些记者很讨厌。一个电话就像狗一样的跑来。对付他们，连酒都不需要，一个红包就解决所有问题。我的第三个工作就是喝酒。和老总喝，和老总的商业伙伴喝，和老总的朋友喝。我们的办公室主管老管非常恨我，但是没办法，他不能喝酒，也奈何不了我。我们都是老总手下的红人，从一个角度理解，是智囊团精英，从另一个角度理解，是两条狗。我理解他眼角对我扫来的恨意。如果换做是我，我会比他更狠。

生活本身就是一种诱惑。我在苦苦抵抗。我不知道我在抵抗什么。在26层的高度，我们像极了珊瑚礁上的热带鱼群。当我想放弃的时候，我想到了投降。可我不知道该向谁投降。到了夜晚，所有的人都飞鸟乱投林，我常常一个人在六车道的马路上绕城烧汽油。我无处可去。有一天我低低地对李响说，我累了，我想走了。李响突然紧紧抓住我的肩。我明白，我们都想抓住手里面的每一天。我只想做个小虫子，可以不用为生存苦恼。有一天被天敌吃了，临死前也不会想着某人，或者被某人想。

（二）

这是一个什么样的时代呢？我不知道。这话像极了许三多。他是真的不知道。而我，不确定自己是否是。日日夜夜，人人都穿梭在高楼大厦间，打着"为了生活"的幌子。我想起多年前我去香港，曾经看见大批从深圳过来的人，黑压压的一大片，低着头快速地行走，那是凌晨，他们要赶到对面的港岛上班。到了白天，他们摇身变成鲜活的都市男女，貌似时尚，演绎红颜。生活原来这么艰辛。从我住的环岛小区到我上班的金财大厦，只有四站路程，我每天开车上下班都不到十五分钟。我能感觉到我的退化和羞愧之气弥漫了方圆五里。

马翠花说，我要赚钱。活着就是为了赚钱吗？那么，赚到了钱以后还能怎样？买大房子，买名车，可以对自己的家人好点，更可以对自己好点。然后呢？男人在夜里花大把的钱，女人去泡帅哥。我站在这个冬日灿烂而脆弱的阳光底下想着这个问题，突然间笑了。我看见尘埃慢慢落在我的身上。我想起了马翠花。想到她就会心痛。很干净的心痛。痛过之后是开心。我能感觉到她的微笑，她的发丝的光滑，她的小手，她的指甲，她的心跳，她的味道，还有她肚皮上柔软的肉。我以为我能忘掉她。两年过去了，我不能。我们中间只是隔着空气，但却永远不能相见。从生到死，我们都在地球上，但是命运已经把我们错开。我记得她为我们两个流过的眼泪，不多，但可以铭记后半生。

老管打我电话，我还站在金财大厦的地下停车场。在电梯里遇见李响，居然胡子拉碴儿。李响的身后是两个长发美女。我讨厌新鲜出炉的美女。你应该能记得和她们擦肩时空气里刺鼻的香水味。你真心喜欢的女人，只有体香。从一楼到十五楼，电梯一路直上。在十六楼停了一下。门打开了，却没人进来。这个时候美女 A 突然对美女 B 说了一句："大剧院今晚有理查德·克莱德曼的钢琴晚会，我没有票！"我看见李响快速打开

他精致的名片夹，抽出一张递给其中的一个："如果需要，打我电话。"25层，A和B下了，我看了李响一眼。这个人其实我很喜欢。他静到可以在酒吧里一个人喝三个小时的酒，如果动起来，比兔子身手还敏捷。很久没见他泡妞了，也许是激情又回来了，至少可以赶跑郁闷。我又想起我们曾经做过的好多坏事，想想就好玩，真的有意义。

　　与老管相比，我缺乏的是水滴石穿的韧性。我是一个孤寂不起的人。但老管不是。他端坐在办公室里，一直等到我敲门。老管喜欢抽扁三五，那是我早就不抽的烟，基本上都是内地版的假货。为我点了一支后，老管说了三分钟的话。我在前一分钟就判断出了他的意思，出于尊重，等到指间的三五烟流云散，我说：老管，OK。原来，元旦前公司要组织员工去安徽的金孔雀泡温泉。旅行社来了两个人，老管把这事甩给我。要解决两个问题，一是哪些人去，不是每个人都可以去的；二是谈价格。那家旅行社的副总是老管的老婆。这事我明白。我为老管能把这事交给我去办而高兴，至少他懂得同室不操戈的道理。有时候，你的对手把内伤拿出来给你看，那不代表是阴谋。可能和平会在一瞬间实现。我把它理解成为一种信任。我同时也感到无比的悲伤。我的工作像平静的流水，一百年都惊不起一朵浪花。我要把后半生的时间都耗在这些貌似美好的庸事身上么。

　　公司有三个会议室，旅行社的两个人在三号会议室，那是一间很小的房子，只能容纳五到六个人，但窗外正好对着跨江大桥，风景很好。可我最喜欢的还是那张很大的单人沙发，可以陷进去好深，不想起来。如果在上面做爱，绝对是个好地方。走进去一看，才发现来的两个人都是女人。那个看上去是领导的美女站起来把手伸得老长：梁总，耽误你时间了，我是国美旅行社小黄。看得出来老管铺垫得差不多了，我只是做个形式。助理送来三杯咖啡，全是苦的。我喝完一杯咖啡一般需要五分钟，也就是说，这事五分钟内必须得解决。"来回两天，三星，食宿路费门票保险全包，每人600。""不还你价了，给我加五个免费名额。""三个

吧？""五个。""好！明天我们过来签合同！"双方都很爽快，她要的
是事情成交，我要的是给公司一个交代。那个小美女一直坐在旁边没拿正
眼瞅我。我问了她一句：咖啡是苦的，要不要加糖？她冷冷地回了一句：
不要。

　　不过没关系，这两个女人都没给我留下印象。事后我和李响回忆起
来，居然记不清她们的长相了。两个好像长得都差不多。李响说，这并不
代表你对美女有了免疫力。可我真的是记不起来。李响说，记不起来就别
想了，你他妈就装吧。晚上我带你去泡妞。（未完）

2007－12－24　16:20:01

万历十六年（节选）

A

明万历十六年，也就是 1588 年，我在乡下养猪。那时候我有个远房亲戚刘跛子在朝中做事，托了个口信要举荐我进翰林院。至今我都没弄明白刘跛子是怎么混到朝廷跟着翊钧皇帝做事的，只记得小时候的他异常聪明，下大雨的时候都懂得在雨缝中走 S 步穿行，并且全乡的狗都很害怕他。大老远只要闻到刘跛子的气味，有多少条狗就跑疯多少条狗。偶尔剩下一只老弱病残实在跑不动的狗，马上会卧在地上一动不动装死。

一口气看完刘跛子的信笺，从化学的角度，我就立刻站在了人生的十字路口。去衙门做事并非我的理想。做梦我只想有朝一日能够坐上木制八抬大轿，带上三五十个家丁，去隔壁村头调戏不认识的红袖姑娘。这样一来，我应该就是传说中的暴发户。如果把我弄进衙门，那每天都要有八小时交给朝廷，上班要打卡，下班要点卯，乱扔烟头还要被不认识的御史参上一本。这样的人生实在痛苦。哪有我现在快活呢？至少，乡下的经济平稳，没什么金融危机，我在后院还盖了个违章大棚，养了四十多头猪，每天给它们开早会，传天下事，念道德经，打太极拳。

我娘搂头给我一脚。娘说，刘跛子能做的事你也能做。你的人生，不止眼下这四十头猪。

老人家说得对。因为居正大人四年前就 P 掉了，我没有机会看见他回乡的三十二抬大轿，也永远都不可能知道这个世界原来可以如此精彩。

我连身份证都没带，盘了个头发，挎上干粮包就上路了。我那四十多头猪哭成七团。这表明了两个信息，一是它们在我的谆谆教导下训练有素——我把它们编制成 C 连下的一个加强排，分成了互相独立的七个班；二是我是一个具有人格魅力的教官，在我的培养下，我们 C 连已经成为一个有素质、有感情的团队。

搞到现在我才明白我在乡下的身份——我是一个教官。我和那些在私塾里教书的老屁眼秀才在本质上没什么区别。这样的话我的简历里就多了一条经验，刘跛子也可以向他的同僚们摆论我的才干。

可我对这些都不感兴趣。要不是我娘那一巴掌，我不会动身得那么快。我就是想去衙门里待一段时间，一来看看大都市的衙门和我们乡下的有什么不一样，你都不知道，我们乡下的衙门后堂，老爷们都坐那儿抹小牌，老娘们儿在那拉家常，狗们三三两两在那溜达，乡中无大事，犯罪率年年负增长，举人老爷从不坐堂，实在闲得无聊，就带上师爷去邻乡投资房地产去了；二来我要看看刘跛子有什么变化，十年未见，说实话我是真的想他了。我没想过要他还钱，只想着能喝上两壶酒，再抱头痛哭一下，感叹一回十年之快。

以我这么聪明的 IQ，我都绝不会想到，和刘跛子见的这一面居然会改变我的一生。

B

一路上我忧心忡忡。从理论上说我已经告别我的过去，可我看不见我的将来。所有的一切将在我见到刘跛子之后摊开历史的画卷。于是我打算找一个问题来研究，以此打发一路的忧郁。比如："左边一只鸡，右边一只鸭，各走各路，相安无事。偏偏问题少年们都不安分，琢磨着这鸡怎么就总要点头？这鸭怎么就总要摇摆？总想不清楚。"这个问题暗藏着一个天大的玄机。等我弄明白的时候已经到了芜湖。

那时候正逢不良天气，受冷空气影响，这个新兴的江东工商业中心的上空飘起了零星小雪。由于降雪来去匆匆，所以对市民出行没有太大的影响。但60%以上的人选择了在家打麻将，家家房顶冒起了炊烟。我屁颠屁颠地路过一个小村庄，很快引起了一只名叫旺财的小黑狗的警觉。它用20码的速度向我冲刺，还没冲到我跟前自己就在雪地里连摔了五六跤。最让我愤怒的是，它连叫都没叫一声，这显然不符合常理。倘若我带了百十个家丁蜂拥而至，我想旺财最多就远吠几声便落荒而逃，不至于阴阴地逼近我，连招呼都不打一声。

正所谓狗眼看人低。

我跑得飞快，撞进一家酒店。如你所知，明朝的酒店业那时就已经很发达了。比方说整个淮河流域只有的那么一个府的凤阳府，年前就在府衙门的对面新开了家客店，基本上就是七星级的。大股东的名单上光朝廷的要员就有三五甩。这个客店比较牛，光是驴马槽房就有五六十间，五六百匹驴马的容量，而且还有专门的人在照料这些"私家车"。客店入住要上簿挂号、纳银交税，倘若是男女同房的话，一定要出具正九品官员，譬如县衙门的主簿大人的亲笔介绍信。倘若这个衙门的主簿大人患伤寒死掉了，接任的官员又还在丁忧的路上，那你就砸蛋了。睡到半夜就会被巡检司破门而入，男的靠左，女的靠右，没情况也要搞出情况来。顺便说一下，巡检司专门缉捕盗贼和查缉私盐，后来发现工资太低，查男女关系安全系数非常高，于是就自行添加了一条查房的职责。

那家客店还提供免费的素酒果核，而收费的晚餐亦分三等，当时我所享受的就是上者专席，糖饼、五果、十肴、果核、演戏，一应俱全，身旁还坐了三五十个狎妓。那时我已官至上书房行走。只要离开了紫禁城，我基本上就不用装 B 了。

我眼前的这家酒店店面不大，但用材、彩画、雕饰都非常别致。台基比较高，锈金匾额上挂的是一朵红莲伴着低垂的荷叶。很奇怪，没字。也看不到什么五脊子六兽。更奇怪的是，我绕了堂厅三圈，居然没找着中轴线。最让我百思不得其解的是，他们家后院的停马场里，所有的马一律靠左站，而所有的驴一律靠右站。两派阵营互不讲话，神情冷然。

这个时候，刘跛子大人神奇般地出现在我的身后，重重地拍了一下我肩膀。（未完）

2010-3-6　14:48

深爱某男子（节选）

（一）

刘三最早一次出现在野史上是公元前 500 年。当时这个人在西域偏南的 N 城的一个匠铺卖绝味鸭脖。他眼瞅着春秋时期快过完了，为了赶上战国，于是放弃了把绝味鸭脖开遍半个中国的理想，贱价盘掉了二十五平方米的铺子，怀揣古希腊哲学家赫拉克利特的手抄本，骑着一头患有青光眼的驴向中原进发。很不巧的是，当他穿越黄河时，恰巧遇上了公元前 500 年至公元 534 年间黄河下游洪患。眼神不好的驴子都跑掉了，刘三却掉进了水里。然后被一个女人拦腰救起。那个女人是波斯人，从希波战争中流落到中原。据说刘三是她的第一个男人。

这个事被 N 城的小报《N 城商报》偶尔从互联网获悉，上了当日 N 城衙门公文的头条。那份报纸至今仍然收藏在小英帝国大不列颠博物馆的第三十五层地下室里。刘三说：那个女人改变了我一生的命运。

如你所知，刘三并不爱那个蓝眼睛的波斯女人。这个女人面容白皙，皮肤细嫩，鼻梁高耸，双眸传情，划得一手好拳，每次喝酒总能把刘三喝倒九次。她用了三个晚上的时间追到了刘三，然后在不到一年里有了18个孩子，我只记得最大的那个叫牛魔王，最小的叫牛笔。当我赶到黄河下游的时候，刘三已经骑着马跑进了战国。"战国是他的理想。"那个波斯女人一直鼓励刘三做一个理想主义和实践主义者。当时，刘三在他的不老阁里写道：假若战国的群雄们看了赫拉克利特的手抄本时，他们就不再打架，关于这一点，我的女人支持我去战国，并且和我一样坚信。

那时候气候还不像现在这样干燥。野史中的刘三坐在那匹有些智障的马上，没有戴面纱。从那头马摇头晃脑的跑姿来看，如果光线好，一眼就可以分析出是刘三到了。后来在无数个喝酒的夜晚，刘三对他在战国的经历闭口不谈。我判断很可能还是与女人有关。我只知道那匹马在围魏救赵那一夜撞上了一棵树。刘三神秘失踪，最后居然出现在公元2007年的暖冬，安徽H城。有人经常看见他在护城河一带出现，牵着一只拖着鼻涕的树袋熊。

（二）

卢二这个人不大好写。原因很简单，他不怎么守纪律。比如，卢二经常搬家。京城的上书房行走曾经派过三十多个探花写他，平均每写完半个章节，他就搬一次家。从平谣古城搬到六盘山，从白水坝又搬到花山迷窟。为了采访他，三十多个探花累死了一大半，剩下的十来个到后来就干脆放弃了采访生涯，改行做起了神行太保。

我注意到卢二同样是在野史上。《肥东春秋》曾经记载过，卢二成名忒早，臂力过人，头发乌黑发亮，眼睛光彩照人。这个与历史上的说法有点出入。另一个版本是：卢二长年头戴一顶"BMW"的帽子，在村头的小裁缝那里免费镶了十三颗塑料珠子，然后从野鸡身上拔下三枝翎毛斜插在脑后。他的一百三十多个家丁也如此效仿他。以至于卢二的团队一出村

头，山上的乌鸦野鸡都会跑出来乱哄一气，场面煞是热闹。

看得出来，卢二对官宦之路充满了憧憬。而立之年，卢二如己所愿终于买了个举人的功名，然后打着朝廷的旗号去海南走私盐，再贩到西安城里去卖。我估计他一直想做红顶商人。可是红顶商人哪有那么好做？卢二的几个问题注定了他做不了红顶商人。第一他爱好搬家，这个后果已经记入史册。第二他爱好迟到，无论是在他自己的盐队早会上，还是在后来我们和刘三共同入股开设的钱庄股东大会上。这两个都无所谓，关键他每次吃饭都是迟到，除了泡妞。第三是他视酒为知己。三山五里的狗们一见到卢二都成群结队地狂逃。"卢二只要在一个地方待过一个时辰，方圆十五里地都不会找到一条狗。"这是当地私塾印制的书本上的原话。因为卢二要杀掉它们下酒。

有必要交代的是，我是在卢二的盐队里认识他的。那一年我取道陕西途经西安城，准备上终南山当和尚。在看到一个盐队里的女人后我改变了想法，打算要娶她。这个女人就是卢二从妓院里带回来的。有意思的是，那个妓院我也去过。当年江南出现了三个事，一是通货膨胀，银子都不值钱了，到大街上买个烧饼都要扛一麻袋的银两，朝廷那时候还不懂得宏观调控；二是江淮一带蝗灾大发，那厮的繁殖力绝不亚于现如今的德国小蠊，随便到城里转一圈儿，头发里都会缠上个三五斤活的蝗虫；三是日全食维持了半个月，连太监们都被派到大街上点着灯笼维持秩序。在那样的情形之下，我们两个人居然有闲情雅致跑到万花楼 K 歌。两人惺惺相惜，由此结下不解之缘。

顺便说一下，那个女子叫苏小小。不是正史里的那个。别乱猜，年代也不对。还有，她喝起酒来也是豪爽之至。大醉后能三天不醒。这一点和我有的一拼。我们醉成一团，卢二在一旁替我们盖好锦衣，然后他自己再一个人焖一壶五斤半的劲酒才睡倒。无数个夜晚我终于明白，是我闯进了他们的生活。这是一个污点，我必须选择离开。

（三）

昨晚睡得太早，九点半就上床了。连打三个××才勉强睡着。早上听到牛叫才起床。那条小母牛刚进入青春期，一见到我就瞪着牛眼恶狠狠地看我。安溪衙门的鬼子六又托人送来了一捆烟草，说是还是南洋的品种。我讨厌他，只不过是因为他上个月走了巡抚大人的后门，刚被提拔为安溪衙门的中层，也可能是省级官员的候选。鉴于这个，我才没和他断交。忘了告诉大家，我改变想法了，我不想生活在清朝。因为清朝的我最爱的那个女人早嫁给了一个开连锁钱庄的大老板。在清朝我只是一个不会写文章的秀才，和垃圾没什么两样。为了这个女人，我打算放弃一个朝代。我要返回唐朝。

准确地说，应该在安史之乱的第一年，我路过一个烟火缭绕的小城，在乱兵之中发现了一个长相憨厚的人。他倒扛着一杆85狙在大排档连吃了三盆麻辣烫。然后掉头钻进了路边的免费茅厕。当我进去时四个茅坑都已被他倒腾满了，惊动了大批知府衙门里的市容管理员。我递给他三斤草纸，然后拉着他飞快地跑路。这个人是刘三，我一辈子都不会忘记他。因为他一次就用了我一年的草纸。

天宝十四年，也就是公元755年，我拉着刘三飞奔在洛阳的大街上。那时候安禄山一路南下，不足两月，已攻陷洛阳。我们打算投靠这孙子，可是在海选这一关居然还要考什么脑筋急转弯。两个天才被当场淘汰。为了缓和气氛，出了衙门口我建议我们去泡脚。在当地土著开的脚摩城里，我们遭遇一帮喝醉酒的吐蕃人。因为同时多看了同去的一个吐蕃美女，我们被狠狠揍了一顿。刘三怀里的那本古希腊哲学家赫拉克利特的手抄本当时丢失，成为一个不解之谜。如果不是身为盐队领袖的卢二带着三百多个家丁神话般地出现救了我们，梁大和刘三很可能就要暴尸在那个不知名的

泡脚城。

　　资料记载卢二应该是清朝人，至于他怎么来到唐公元755年，我一直没弄清楚。我们坐在洛阳城一间很大的院子当中，烧炭煮酒。卢二居然请了个老中医给我医病。我这才明白自己早已患上了失忆症。嘉庆年间我的文采已经很好，被朝廷调到京城任上书房预备行走，就是行走助理。后来死性不改，军机大会的时候一个人溜到皇上的后花园，碰见婷格格。这女人清清秀秀，可爱至极，据说还在户部一年一度的会考中拿过理财一等奖。只是身后跟着十七八个御前一品带刀侍卫，没敢当面调戏。于是折回军机处，恰恰又走错了路，在慈宁宫门前打了一个叫王五的太监。王五是皇太后的人，第二天我被叫到慈宁宫，历经百般凌辱。我等心高气傲之人，哪能容此耻辱。于是心灰意冷，打了份辞职报告，年薪也不要了，决意到终南山出家。遭遇卢二的盐队，成就一段英雄佳话。

　　整条街的酒都被我们喝光的时候，刘三去茅房吐。卢二告诉我如下这段话，让我铭记终身：还记得苏小小么。你走之后，她三天没说话。最后她去了终南山。她让我带给你这个锦条。

　　我打开一看：十里平湖霜满天，寸寸青丝愁华年。对月行单影相互，只羡鸳鸯不羡仙。（未完）

2007-12-12　　03:14:00

第九章

不如吃一顿真正的晚餐

朴实、唯美肯定不是形容《云水谣》最好的词语。然后，剧中的一个简单的问题难倒了我："是什么把生死隔开，是什么把相爱的人分开？"

假如爱有天意

我一直没有理解这部老片子的片名。当然,它还有另一个译名——《不可不信缘》。2003年1月30日,《假如爱有天意》在韩国公映。很快,中国香港、加拿大、日本、美国先后上映。直到我在刚刚过去的这个凌晨看完。我才知道,2005年的夏天我曾经深爱过的《灰色空间》那首歌,是改曲于它的主题歌《一抹微风收藏》。而且这首主题歌的原版钢琴曲,我车上CD就曾经刻录过。

这其实就是一种缘。

两个女学生秀景和梓希同时倾慕班中的男同学尚民。秀景因为怕自己词不达意,于是找了好友梓希(孙艺珍饰)代笔,写一封电邮给尚民。往后梓希不断以秀景的身份写电邮,却渐渐发现自己也爱上了尚民。就在此时,梓希在收拾房间时找到了母亲一个神秘的盒子,里面堆满了情书,记满了母亲在1968年夏天初恋的回忆。梓希发现,自己和母亲的故事有着惊人的相似……

两代人的爱情故事,"落俗"的如此完美。

我喜欢那条项链。

第九章
· 不如吃一顿真正的晚餐 ·

两代人的情感，就系在那条俊河可以生死不离，并为之双目失明的项链上。这本身并不吸引人。而打动我们的心，恰恰正是这普通的物。两代人爱情故事的纽带，两代人爱情故事的唯一见证者，在电影落幕之际揭开我们的恍然大悟。泰秀，俊河，这两个男人用一生告诉我们，原来爱情的真正伟大之处不是奉献，而是牺牲。

导演显然在试图延续爱。因为重生是整部影片不露声色的一个强烈表达。

生命是什么，是循环。无论平庸还是伟大。当俊河的骨灰撒入河中时，梓希的女儿捧着一只困在水潭中的小鱼放入江中，母女相视一笑——因为彩虹再次出现了。那只获救的小鱼，就代表了上一代爱情的解脱，也是下一代爱情的重生。在上一代的爱情之中，梓希和俊河始终没有吻对方，而在影片的结局，下一代爱情的两个主角完成了上一代那个没有完成的一吻。

没有扼腕，胜过叹息。

有几个漂亮的台词，记录下来：

泰秀：是不是我太高了，我为什么总是会晕倒。（这是个招人喜爱的家伙）

梓希：我现在在哭，你可以看见我的眼泪吗？

俊河：对不起，差一点就完美了，我还是没有成功。昨晚我还来这里练习。

梓希：你差一点就骗到我。你做得很好，我差点就相信了。

俊河：还有，我用我的生命把这条项链带回来给你。

梓希：请不要，这条项链是你的……（这是俊河失明后回来与梓希见面的对白）

当阳光照在海面上，我思念你。当朦胧的月光洒在泉水上，我思念你

193

（这是如此简单的诗歌，你要内心澄静才能理解）

彩虹是通往天堂的桥，人死后便通过那座桥进入天堂（这是重生的境界）

导演郭在容还拍过《我的野蛮女友》。我要谢谢他，即便摄制在2003年，它的小河，小桥，萤火虫，还是感动了今天的我。我突然想起尹力的《云水谣》。那其实也是一种重生。更具备时代美，但令人扼腕。

2009－9－27　03：29

我将如何容忍眼前这世界

"如果有一天你想死了，就来找我。"

——《蛇舌》

我在家睡了一整天。请注意，是一整天。我从未睡过这么久，24 小时，没力气下床。除了呼吸，不喝水，不吃东西，也不抽烟。在醒来的那一刻，我决定把《蛇舌》打开。

"如果有一天你想死了，就来找我。"这是阿柴突然对路易冒出的一句话。那一刹那，被性感俘获的幸福感瞬间涌上心间。很奇怪，这种力量让人后怕。

关于青春的、迷茫的、无知的。也许只想透过疼痛，来确认还是活着的。因为什么东西都会离开，不论最初怎样的承诺、怎样的牵绊。最后，更无所谓生、无所谓死；无所谓什么是真相、什么是虚假；什么是爱、什么是恨……

那么，《蛇舌》是一部怎样的神奇之作呢？它描绘的不过是 SM、文

身、体环体钉等冲击性的黑色题材，追求通过心灵和身体的痛楚所获得的生存实感。故事情节非常简单：围绕曾经流行过的"身体改造"，展开牛仔女路易与小流氓阿犸和朋克青年阿柴痛苦的情爱关系。整剧没有任何"惊世骇俗"的场面：两个人简单的相爱，令人震撼的身体绘作，并不让人反感的 SM 细节，还有无处不在的灰色景观。

在城市闲逛的路易是个既没有职业也不进学的 19 岁女孩。有一天，她在酒吧碰到了一个改变她单调人生的男人。留着红色莫希干发型、眉毛和嘴唇上穿环打钉的阿犸对她说："你知道蛇舌吗？""那是什么？"阿犸伸出了蛇一样顶端一分为二的舌头。路易被仿佛生活在另一个全然不同的世界的阿犸迷住了。

其实他们是一个世界的人。

我喜欢他们，这期间不掺杂任何身体改造的元素。路易是美的化身，但她迷路了。阿犸是放荡不羁的代言，但他起码知道劳动去获得生存。这两个人，谁都不是谁的解药。但他们相遇了，惊世骇俗在自我"改造"自己的身体中，超越世俗的物质和文化形态来麻木真实的自己，互相感受作为个体的自我存在。我理解这样的取暖过程。

因为路易对蛇舌狂热的兴趣，阿犸把她带到了一家文身小店。店老板阿柴是一个异常冷静的文身师，全身都是惊人文身，比阿犸还性感。他还自称是虐待狂，我不讨厌这样的男人，甚至有点喜欢。路易则非常兴奋，她要在自己的舌头上打洞缀钉，准备一步步变成像阿犸一样的蛇舌。她还请阿柴在自己的背上纹上龙和麒麟的图案，龙是阿犸背上的文身，麒麟则是阿柴右臂上的文身。

在不断寻找但依然找不到生存意义的日子里，只有两个男人带来的心的痛楚和打洞文身带来的身体的痛楚给了路易生存的感觉。然而，一场暴力事件让三个人的关系迎来了意外的终结……

能不能简单地把这三个人的另类行为都归为部分青春期男女的心态和

存在方式？而这种行为方式和心态仅仅属于一种青春烦恼的别样表现形式？刚刚获得独立，可以对他们处身的世界反思和进行独立意识时，却发觉他们已经深陷在成形的、被规划好了的世界之中。当他们却无法离开和这个世界诀别，烦恼和痛苦就自然而然产生了？

我不同意这样的说法。可能蜷川幸雄也不会这样想。世界级话剧大师蜷川幸雄如今已年过古稀。他在话剧舞台活跃了近四十个春秋，却丝毫不见颓势，每年会出大约十部戏。这次他能选择了比自己小48岁的金原瞳的作品，是一种勇气。"有时候我会想发毛、想抱怨'这个世界怎么能让人继续忍受下去？！'。《蛇舌》中主人公'想去光照不到的地方'这种心情，让我有了共鸣。原作所描绘的这代人可能由女儿蜷川实花来拍更好。不过，既然它有若干能超越年龄引发共鸣的地方，那么或许我也能来试着拍一下。我想拍出这样一部电影——完成后能对无法包容这个世界的人说：'一起去看这部片子吧。'"

蜷川幸雄想通过三位年轻的主人公折射出当今世界的样貌，反映那些对世界提出异议的"杂音"。同时，他也想借此机会描画出"平时沉眠于自己内心、不为人所见的精神世界"。

年轻前卫的题材、从未展示的内心，蜷川幸雄在72岁这年做出了前所未有的挑战。

近年来，随着女性写作的崛起，少女文学在日本越来越高涨，涌现了井上路望发、乌本理生、绵失莉莎和金原瞳等优秀写手。作为日本当代"叛逆美少女作家"的金原瞳，以其处女作《蛇舌》分别获得2003年第27届昂文学奖和2004年第130届芥川文学奖。据说，"金原瞳的《蛇舌》打破了芥川奖的两项纪录，一是金原瞳是该奖项有史以来年龄最小的获奖者之一，才20岁，另一位是19岁的绵失莉莎；二是处女作即获奖。作为日本最重要的纯文学奖——芥川奖，它标志了以金原瞳为代表的残酷青春写作在文学界获得'护照'，堂而皇之登堂入室。另外，《蛇舌》也获得

了读者的欢迎，《蛇舌》的单行本发行量逾越50万册，而刊载这部获奖作的《文艺春秋》月刊3月号发行册数高达118.5万册，创下该刊发行量历史之最”。

在日本那样的国度，金原瞳的崛起没有任何让人意外。她与学院派无关，经历却颇有些与众不同之处。传说金原瞳小学四年级时就拒绝上学，此后初中、高中也基本辍学。给她文学天赋的是父亲——著名儿童文学翻译家金原瑞人，而激发她创作欲望的则是气质相投的前辈。在小学六年级那年，由于父亲工作的关系，金原瞳在美国圣弗朗西斯科待了一年。在此期间，她邂逅了村上龙、山田咏美的作品，由此开始了自己的小说创作。最初，金原瞳只是写着玩玩而已，在朋友们的建议下，她将小说《蛇舌》投去参加昴文学奖的评选，不料竟一举拔得头筹，而随之而来的就是影响更大的芥川奖。

最初，我以为金原瞳是在对抗，一种以自杀式的方式抵抗现代社会的沙漠化。但这是不是路易身体改造的意义所在呢？是不是小说的意义和价值所在呢？是不是电影的意义和价值所在呢？

“实实在在感到自己活着，只有在我感到疼痛的时候。”你看，舌头打孔时的感受：“‘喀嚓’一声，全身一下子抽搐起来。肯定比达到高潮时抽搐得厉害。我的肌肤起了鸡皮疙瘩，发生了短时间的痉挛，力量都集中在了肚子上，不知什么原因，同时感到自己下身也有一股强大的力量冲了进去。就像注入了麻醉药似的，整个下身都失去了知觉……钝痛和刺痛在很短的间隔交替向我袭来，但我还是感到来这里不错。”路易说：“文身完成了那时我又会想些什么呢？在平常的日子里也许一辈子也不会改变的东西，我靠自己改变了。也许会有人说我是在违背上帝，也许有人会说我过于任性。我的人生是无所有，无所忌，无所咎的。我的未来，我的文身，我的舌环，肯定是无意义的。”

当阿犸离开人世的时候，路易把所有的痛都化作蛇舌的成形。她甚至敲碎了阿犸为保护她而打落流氓的两颗牙齿，要把这爱吞入体内。

是的，没意义就是我们的生活。我们活着，是不是就一定要把没意义变成有意义？

有一个细节很有意思。路易、阿柴和阿犸都不是他们的真名，这是他们自己给自己取的名字，这有些类似于我们今天所用的网名。他们在剧中彼此也不知道对方的"真实身份"，连对方多大都不清楚。这又有什么关系呢？那些都是来自成人世界的法则，他们是不要的。路易说"为什么我被人当作孤儿呢？双亲健在，可那个家与我没有一点关系"。这不如说是自觉的和现代沙漠化世界的本能隔离。

被蜷川慧眼相中的女主演是1988年出生、和主人公同龄的吉高由里子。男主角是实力派高良健吾和Arata。这三个人我都喜欢。他们一起展现了这光怪陆离的神秘世界，同时也深刻传达了生于现世的心情。

我逐渐有了一些力气。我下床，罗列了一些文字。烧水，下面，买烟，疏通下水道，刷牙，洗澡。从一个绝望世界回到另一个绝望世界。

是的，我们怎么容忍眼前这世界。

2010-3-14　15:25

放　开

　　坐在元一的 1 号电影院里看奥利弗·斯通的《世贸中心》。一贯擅长深挖掘的奥利弗似乎放弃了尖锐，他以一种近乎温和的方式再现了与政治无关的人性主题。当被深埋在地下 20 英尺处的 Nicolas Cage 回答港务局同事："我干警察 16 年了"，同事戏醨他："大半辈子都过去了"时，我突然间想到自己，我好像已经工作 10 年了。20 岁大约懂事，30 岁已然成人。十年了，我美好的成熟人生竟过去了三分之一！仿佛一眨眼的工夫，我坐在电影院里看到了自己的暮年。心一瞬间被抓得铁紧，像 Cage 被轧在黑暗的巨大的钢筋混凝土下，一下都不能动。

　　前晚和几个同事开车去肥西吃土菜，结果遭遇来合肥之后最难吃的东西。从咸狗肉到大青菜，从耳朵菜到胖鲫鱼，老板拼命地往里面倒盐。请注意，是"倒"。只是我实在喜欢那样的环境，就是农家大院，门前一条大黄狗，忧伤地趴在地上想心事。没有包厢，只有房间，房门还是带纱门的。后院很大，可以停几辆车。厨房看上去很朴素，看到大灶像见到了亲人。餐桌上我正在嫌弃老板的盐呢，同事说，哎，别怪他们了，他们的主业是种田。我想起上周我们去的躲在双岗的一家巷子里的无名土菜馆，酱爆排骨、腊肉白干，简直不是人吃的菜，是神，太好吃了！就在同一条路的不远处，一家民间私房菜隐藏在一栋民宅的二楼，狭窄的空间里坐满了神采奕奕的食客。干锅酱鱼头、卷蛋饺、蒸香肠、私房豆腐。唉，那菜怎么做出来的，现在想来还流口水。从肥西往回开，已是晚九点。我们决定夜上大蜀山。上山小路漆黑一片，伸手五指不见。大灯打开，能见度只有4—6米。四个男人像小公牛一样窜到山顶，有人朝大地撒了一泡尿。下山之时，合肥城下起了大雨。

《放开》是一首好歌。"春去秋来，花谢花开，记忆深埋那片心海。所谓纠缠，只是伤害，没有人去灌溉，一切成黑白。只是我还放不开，对你太依赖，只是我还不能够释怀。只是我还放不开，内心的阴霾，无法忽视真爱的存在。"想起曾经答应过给重庆一个好朋友写歌，一句都没写。我只会简单的谱曲，我得找一个能帮我编曲的人。其实，放不开又如何？例如文字，我都奇怪自己会离它这么远。多年前我就不再是个诗人了，我甚至不再是个作家了。我最好连文学青年都不是了。这样多好。人也是如此。很多事我们不能怪自己。回头，更要往前走。

再回到电影，改编自同名漫画的《墨攻》无疑是我期待的一部好片。2300年前的战国、墨家的传奇故事、兼爱非攻的精神，这都不是我所感兴趣的东西，至于像刘德华、安圣基、王志文、范冰冰等所谓豪华的演出阵容，也不能成为吸引人的理由。倒是导演张之亮、摄影版本善尚、动作董玮、美术易振洲这四个人，是我曾经或者正在关注的生猛才子。真正诱惑我的，还是我脑海中的古代战争的场景。想象一下：上有漫天风沙，下有无尽黄土，孤零零一座城，十丈以上光滑的墙。几万大军要躲过远远奔来的箭、矛，近处泻下硕大的石块、滚烫的油，人与马都要声嘶力竭往前狂奔。没有任何选择，架起云梯，前仆后继，从此攀上鬼哭狼嚎的不归路，一路还要遇见不断坠下的手足兄弟。幼时的我就扼腕过电视上这样的悲痛场面。《墨攻》，打算请办公室全体同事一起分享。

顺便说一下，我的电影年卡里还有四十多场电影，倘若真要在一个半月不到的时间看完 40 多场电影的话，我一定会疯掉。天底下我的亲爱，你们要是来合肥的话，我，我，我请你们看电影。

2006－11－20　09:06:54

爱有来生吗

　　一部看上去像描写人与鬼的爱情。实际上它就是这样。只不过那段还未开始的恋情才刚刚过了五十年，与人类相比，它仍显渺小。

　　不过是一棵千年银杏树下的一只鬼，对他前世深爱的女人婉婉道来所有的前世记忆。

　　叙事寻常，制作一般。

　　情节是这样的：小玉（俞飞鸿饰）与丈夫秦言（涂松岩饰）在儿时旧友雅萍（李佳饰）的帮助下，搬入山顶一处僻静宅院。秦言外地代课，小玉独自打理庭院，尤其对院中的银杏树倾心。某晚，小玉沏茶独自等待雅萍来访，却遭遇一和尚打扮的男鬼阿明（段奕宏饰）树下现身。阿明说自己已在银杏树下等人五十载。经小玉同意，阿明开始缓缓讲述五十年前的一段经历。阿明的哥哥（姚橹饰）作为山寨头领，在一次仇杀中放走仇家六岁半的儿子。十几年后，弟弟阿明爱上了一个突如其来的神秘女子阿九（俞飞鸿饰）。阿明百般呵护却依然无法赢得阿九的芳心。绝望中阿明出家为僧，阿九却又不离不弃，直到有一天帮派火拼，一切因果真相大白却又无可挽回。

制作人一直在试图把全片的重点落在营造氛围上，从唯美、浪漫，到悲情、感伤。可惜，一点也没有悬疑，一点也没有惊悚。一点也没有泪水。

我想从一个庸俗的角度去说明问题：

比如：开场在展现那个院落的时候，镜头掠过菜地，煽情的痕迹过于明显，那会儿点还未到，但导演已经陶醉了，这就像你想讲个笑话，还没开口自己就捧腹大笑，那叫笑场。你挖个洞，想要把人带进来，最好的办法是让他自己走进来，而不是拿着棉花糖像司马昭一样在路边蹦。而且，好东西用多了就不能如意了。接下来煽情的戏你还出这招，效果打折。

又如：两兄弟策马狂奔在漫天鲜花的草地上，却严重缺乏惊天动地的细节，我们看不到任何的兄弟情深。该煽情的时候，没戏。只是爽朗的大笑。幸好还有这笑声。原本是一段可以大面积累积和迸发兄弟情深的戏，好为接下来的生离死别做铺垫。这个败笔出现后，戏基本上就黄了。

导演甚至没有放过任何一个可以也不可以摇移的镜头。连篇累牍的重复技法，让你拒绝欣赏，只会厌倦。就像《暴力13街区II》的开场，和I的一样有过之而无不及的拍摄手法，直到让你生厌，想按快进。

说到唯美与悲情，比不过《云水谣》；说到惊悚与节制，比不上《深海寻人》；说到哀婉与感伤，敌不过《倩女幽魂》。

从影片制片人、导演、编剧、主演，都是一个人。这就能看出一些端倪。俞飞鸿是会演戏，但是，换一个人演会更好。

当然，即便这样的话爱也没有来生。这辈子的爱你都无法把握，提来生做什么？

2009-9-14   13:24

是什么把相爱的人分开

　　一直把《云水谣》恶俗化。爱情片能有什么呢？不看。近来就一个字，忙。昨晚给自己停了下来，打个电话过去，才知道《云水谣》七点半是最后一场。那就看看吧，比发呆好。到麦当劳解决了一下胃，然后走近熟悉的元一环球影城，没有碰到一个熟人。

　　尹力一直没给我留下什么印象，除了那部《鲁冰花》。很意外的是，一段跨越海峡、历经五六十年动荡时代背景下至死不渝的坚贞爱情，能被他这样表达出来。开场的一个夺尽先声的长镜头，凌厉、嚣张。如果模仿能到如此境界，也算是一种再创吧。看来，尹力的功力应该到了迸发的地步。再遇上好本子，他一定能拍得更好看。

　　从原著张克辉的《台湾往事》，到电影文学剧本《寻找》，再到电影《云水谣》，编剧的力量在影片中得到几近完美的体现。这是《云水谣》给我一个最深的印象。刘恒对原著的再创作，的确赋予了这部爱情片时代的纵深与生活的质感。我不觉得这部片子"细腻、激越和富有爆发力"，但它确实善于利用一些小道具在有限的时间和场景里迅速展现情节的力量。无论是 20 世纪 40 年代台湾的真实街景、朝鲜战场上志愿军战场的炊

事场面，还是王碧云家铁门前的玫瑰、陈秋水眼前漫天的稻穗、王金娣的一块干米饭，或是在中国难得一见的蒸汽机火车头，导演在细节的处理上让人惊叹。尹力并不是一个空间转换的高手，甚至很多煽情的镜头也被他转换掉了。但是当故事穿梭在台南的田园风光、朝鲜的战火纷飞与西藏的冰天雪地之间时，带给观众绝非仅仅是视觉上的冲击，更是对影片人物本身漂泊感的理解和人世间命运的感慨。不管是秋水的挣扎，碧云的等待还是金娣的执着，三位偶像出身的年轻人在片中都有惊艳的表现，归亚蕾、秦汉、杨贵媚等实力派的加盟更是一大看点。尹力不是一个煽情高手，但家国情怀、隔世绝恋与人世乡愁汇聚成的悲剧感，虽不壮丽，却也伤感。

朴实、唯美肯定不是形容《云水谣》最好的词语。然后，剧中的一个简单的问题难倒了我："是什么把生死隔开，是什么把相爱的人分开？"

第一个我能回答。第二个我想了很久。我真的不知道。

肯定与爱情无关。

2006-12-14　11:53:48

比悲伤还悲伤的故事

每个人都有自己的爱情，你和我都不例外。

每个人都在为自己的爱情付出，只是对方不知道。

从头到尾，没有感人至深的台词，没有跌宕起伏的剧情。有的只是简单的语言，简单的行动。就是这样一部简简单单的电影。让凌晨三点的我突然失落下去。

一盒烟抽了大半。原来自己的烟瘾真的变好大。

我一直对权相宇有种莫名的好感。

在一起工作的电台制作人K（权相宇饰）和作词人洛琳（李宝英饰），都是身世可怜的人。一个从小就被父母遗弃，另一个因交通意外而痛失双亲和妹妹。两个同病相怜的人走在了一起，都把对方看成自己的家人、朋友和亲人，以此弥补生活的空缺，彼此相爱，彼此信赖。这样两个普通的人，生活得简简单单却充满快乐。

就像洛琳说K的那样："在工作上他是我爸爸，在生活中他是我妈妈。我难过的时候他就是哥哥。"

但K知道自己得了绝症（韩国人就喜欢酱字写本子拍电影），不久将离开人世。他深爱洛琳，他走了洛琳就会一个人在这世界上，无依无靠。"不

能让她一个人过。"于是，他隐瞒自己的病情，暗暗做出一个决定，那就是用他剩下的时间，为洛琳寻找一个可以替他照顾洛琳一生一世的男人。

一个通情达理而又温柔体贴的医生朱焕（李范秀饰）适时出现了。在K眼里，他是最有可能带给洛琳一生的幸福。所以他尽自己最大的努力来实现他的愿望。哪怕自己去低头求人，甚至被人羞辱。

于是，在K的精心设计下，洛琳和朱焕在几次相遇中产生了感情。咖啡杯上的唇印，红酒里的戒指，好像一切都在意料中发展下去。而看着心爱的人在自己的一手安排下走向另一个人，K内心承受的是巨大的悲痛。他只有悄悄地将它隐藏了起来，带着深深的留恋和真挚的祝福，亲自为洛琳挑选结婚礼服，一步一步牵着她走向教堂，把她交给朱焕。

望着故事的一幕幕，这一切又真是K安排好的吗？还是……

也许因为有幸福的映托，悲伤显得益发悲伤。

当K不久于人世的时候，他并不知道，他深爱的人也和他一样，离开了人间，伴随他走上了天国的路。当洛琳一回到家就紧紧抱住K大哭的那一刹，她已经知道了爱人的病情。她知道K即将追随她的爸爸妈妈和妹妹，要到另外一个世界去。

那个时候你知道吗？爱情不是用手而是用心来抚摸。

"陷入过爱情吗？就像石头陷入河里那样。噗……"洛琳承受了比K还要巨大的痛。她的眼泪没有让任何人看见。她努力并坚强地配合好K，和朱焕接触，结婚，让K最后的一段时光走得安心。

所以，当全世界的时间都静止下来，只有你一个人能动的时候，你一定要回头去说："我爱你。"

权相宇转身后走在街头呜咽的特写，感动了上亿的人。可最感动我的是，两个人一回到家中，就肆无忌惮地吃同一个碗里的面。当片尾曲《如果还有来生》在耳边响起的时候，我已经模糊了双眼。

感谢韩国著名青年诗人元泰渊为我们创作了这样的影片。

2009-7-26　14:00

第十章

亲爱的姑娘　你再也找不到我了

这一整个午后，我都在八一镇的阳光下走来走去，有时候离喜马拉雅山脉近点，有时候离念青唐古拉山脉近点。

太古路笔记（组诗）

1

从我的窗外向南望去

第一眼是桃花，然后是金桂

如果运气好的话，可以看到活的麻雀

但我的目光被那排六层的居民楼紧紧锁住

它像一个暮年的女子。迟疑着，揶揄着，9月就这样过去了

我看到铝合金武装的洗手间窗户，楼梯廊道上的小波浪格子

密密麻麻的不锈钢笼子、空调外机。悠闲的电线

像爬山虎一般穿越身体的表层。斑斓

外墙的色彩被风雨传染成中国画

那些活的麻雀走了又来

这一整个早晨，蝉没停止叫过

两个人却没有说过一句话

流云飞来飞去，雨下来下去，西瓜越来越便宜

省略了"嗯"，省略了"好"，地板越来越潮湿

一直到桃花谢了，金桂开了，谁与谁又要下班了

我想了很久，但被钉在椅子上，像一个雕塑

我看到桂花树在九月的风中自在的摇摆。风的后面是楼

太古路就在那栋楼的后面，我告诉自己，它是存在的

我能给予它什么，我想索要些什么，这些都不重要

夏天它曾经来过太古路，但现在已经走了

2

早八点，人群不断把太古路注满，注满，再注满

空气熙熙攘攘。拎着篮子的人用目光审视蔬菜和果肉

当熟人相遇，当不惑与花甲擦肩，当轻舞飞扬

如果把一个人的一生写进菜市场。如果，有旌旗飘荡

有人错过了马铃薯，有人爱上了西兰花。虾皮和土鸡蛋

书生和大妈。你看到的不全是假象，这一幕幕反复上演

就像阳光和雨反复交替。人群拥裹着钞票，钞票拥裹着人群

偶尔出走的魂灵，帮助理想逃出了墓地，生的气息四下散去

那个女子，把大片的光阴浪费在太古路上。习惯了天明

习惯了摇晃。连自己的心都管不住了，还要去管菜价

她深藏多年的心事，在这条三百米的小路上碎了一地

她知道，花生米们，是如何一颗一颗，被剥出新生

我想了很久，这就是一个灵与肉的市场，孤独与孤独
拥挤与拥挤，嘈杂与嘈杂。当清高与猪肉不期而遇
当庸俗与兰草狭路相逢，总有人期待纵身一跃
他幻想着，能否从太古路的这一头，跳到太古路的那一头

3

菜贩子们在谈笑风生，看过往行人如往来白丁。因为
一天中最要命的时刻已经过去。当案板上的猪肉被削去了大半
当青菜们成群结队地奔走他乡，他们在热烈地聊着别人的事
或者想着自己的生意。悄无声息的冷，正在集体袭击太古路

我相信那些肉，正在被肢解，分离，各种刀法，各种烹调
我想象一条鱼被一束光击中，瞬间成为一幅完整的骨架
那些绿色的植物，正躺在千家万户的餐桌上，汇成各种温暖
太古路忙碌了一天，已经听不到任何的声音，像睡着了一样

这个时候，有一个人愿意为它停留下来，走过来，走过去
当"矮子馅饼"的招牌在半空中漫不经心地摇晃。当
上海牌的缝纫机正在"哒哒哒"地作响，我想起家中那个女人
她从不上太古路菜市场，所以家里缺乏火一般的温暖

我想了很久，肯定是那么多故事勾引了我，挽留了我。
我坐在窗前，想着近在咫尺、墨迹未干的太古路。那么多记忆

铺天盖地，来了又走。我想着那个走过来走过去的人
他把太古路当成一卷三百米长的宣纸，沙沙地落下伤痕

4

太古路向西，是世贸滨江花园。再向西，是英国海关公署
我执意向南，是狮子山小学。如果把繁杂的太古路倒空
这条路就可以通往长江，想走的人会走得太快
想留的人，会停下来

我在寻找活的雕塑
他们怀揣各家的心事，想着别人的女人
找得久了，雪粒子就在窗前坠落，仿佛未曾打过招呼
那些活的雕塑拥挤，擦肩，碰撞，最后归于寂静。污迹横流

是的，那个理发店里的女人，着魔似的扫着地上的碎头发
面条摊上的那个老头，仇人般地叫着十三块钱一包的普皖
还有，穿睡衣的太太，拎包的公务员，放学归来的小孩
这些鲜活的雕塑，无一例外地钻进晚上温暖的被窝筒

我想了很久，我之所以深爱这条路，不是因为它的名字
也不是因为它的位置。我只是一个想活下去的人
更多的时候，我只是一个想抄近路的人。我端坐在办公室里
看南方的天空枝蔓四散。我生锈的窗棂，只框住了这条太古路

5

我是在 2011 年 9 月，和太古路发生关系，或者说
太古路和我发生了关系。当艳阳高照，当末路的热流趾高气扬
我站在路后，听江边的汽笛声划破长空
是的，我该回来了，我并不想谈谈那些失去的爱，和简历

我一个人穿越太古路，在人群中接踵，像新生儿一般战栗
那些新鲜的玉米苞、花鲈鱼、大白菜，齐齐停住了谈话
等待我的惶恐、平静，还是从容？我只是喜欢这个路牌而已
哦，你好，太古路菜市场。这一刻的平静，我期待了多年

我剪了头发，以为那个剪法一般的小嫂子会和我多说几句话
我下了一碗宽面，因为饥饿，面汤变得美味，并且香了很久
我甚至发现了一个狭窄的门面，一个可以缝补漏洞的裁缝摊子
各色人等，人间杂粮，坊间万象。他想起被弯刀割去的甘蔗梢子

我想了很久。是那辆夜间驶出太古路的小汽车，不经意地刺痛了我
那光如炬，穿越瞳孔和胃。太古路上空荡荡的，早来的黑色
蒙蔽了所有人的眼睛。从办公室钻进黑色天幕，再钻回灯红酒绿
我慢慢踱步，想在一场与过往较量的战局中赢回一个属于自己的墓志铭

2015-1-15

青山街纪事（组诗）

陌生的水草

一起吃饭，一起看电视，一起漫不经心
换台，换电池，换垃圾袋
偶尔迟到的短信。打不通的电话

一起逛街，一起看电影，一起回家
或者各开各的车
有时候她先到。有时候他先到

一起走路，一起排队，一起旅行
三心二意的。漫不经心的。别有用心的
一个人洗两个人的衣服，一个人看两个人的书

各自的被窝筒，捂着一起的心事

最简单的词语穿行在青山街的四居室

因为不开火，家里没有油烟，也没有硝烟

但沉默也不见了。疯长的水草要在哪里生根

2014-6-5

熟悉的影子

夏天使一切透明。但影子炽热起来

两个人共用一个影子

从城东，到城西，到青山街西区

因为总在想着那个人

他丢失了自己的影子，在太阳底下

沉默使一切沮丧。源于话语太多

明亮被按在里面，似阴雨天不能抬头

水龙头滴答。他固执地去翻一叠老报纸

连短信都删了，家中四壁清净

窗户成为他与外界的唯一联系，只能反复打开

他拿着一把扇子摇啊，摇啊

他的影子也在地上摇啊，摇啊

他坚持要把那影子摇走，或者等海枯石烂

2014-7-5

黎明的曙光

梦魇之后，有短促的大口喘息
他飞越大片的空白，试图捕捉梦境
但温暖被支离破碎，而天还是黑着的
是等待手机的闹铃声，还是选择闭眼
有人重重翻了个身，把叹息藏在背后

心事是十一月的雨，在青山街滴滴答答
云朵层层融化。皱纹漫过山岗
他只是把脚伸了一伸，那脚趾头就触到了河流
把冰冷彻骨的哀怨尝了个遍。他再次蜷身
春天就到了。野花飞舞，磨刀石发出亮的光

夜幕终于被曙光撕破了脸，邻家有孩子的啼哭传来
屋子里的人，像蛹。是想对窗外的飞雪熟视无睹
还是要对刺进窗棂里的第一缕曙光，说再见

2014-11-16

废弃的站台

时针滴答滴，滴答滴。很多影子被重叠起来
放入城市的笔记本里，它们就穿行在 W 城
各有各的心事，各有各的轨迹

他在一个站台前站了很久，站牌是生锈的
很多地名飞进这里，又悄无声息地消失，比如青山街。
笔记本被打开，又合上。人群与爱情一样聚聚散散

一个人伫立，像是在等待着另一个人的到来
远处，合欢花开得正艳。连路人都相信了
另一只蝴蝶早晚都会来的。好吧，风继续吹

巨大的霓虹灯光下，笔记本发出熠熠的光
它已不能再容纳更多的人，和更多的故事
但这个人也生锈了，像风中的站牌一样轻微地颤抖
在被灰烬淹没之前，他有一些事情要吐露

2014-12-7

空空的杯子

一夜之间，花园里所有的根都不见了
似那日一根根被抽走的肋骨。每一个深夜
慵懒都在四下蔓延。因为空空的房子
空空的车子，空空的被子，空空的杯子

青山街上空，云彩挨着云彩，不露声色
他端坐在窗前，举头看被剪刀剪过的天
那些病了的人啊，都在各自的阳台自我疗伤
颤动的喉音飘过，仿佛要低语或是奔跑

在看不见的光线中，空气挤压着空气
他漠视着一切，墙上的镜框，和框子里的人
小楷字一个接着一个地掉在地板上，湿润了
对面的楼层里有人疯狂地唱："但我的心每分每刻……"

他躲在那只空杯子里，等谁的兰花指撩动

2014-12-19

美好的时光

我们曾有过一些美好的时光，在青山街 12 号
在 TOP ONE 音乐工厂。光阴碎碎地
都流淌在红酒里了，小虫子在血液里静静流淌

科罗拉恋上柠檬片，刀锋恋上光线
相爱的人，恋上对方的影子，和各自的身体
无数个夜晚，黑幕下弥漫温暖的雾霾

但杀手早已经出现，并且从未离开过
城的繁华掩饰不了白发，和短的歌
我们终究敌不过时光，即便有诗歌

爱吧，爱吧，这场电影之后你们终将散去
泡沫般的年华就像那商场门口的旋转木马

有些转着转着就没了，但人群依旧繁华

那些美好的事物，就这样迷失在别人的时光里

2014-12-24

温暖的被窝

"黎明即起，洒扫庭除，要内外整洁。"他只是念念

一天的时光，就在匆匆中流走，指间什么也没留下

别人家的庭院，自己的床，高处的蛛网，和旧的伤

那个时刻，他怀念自己的被窝筒，闭上眼睛就是天堂

"既昏便息，当关锁门户，必亲自检点。"他喃喃自语

把青山街关在门外，把夜幕关在门外，把自己人关在门外

从卧室到阳台是七步，从阳台到卧室是九步

连歌声都是湿漉漉的，仿佛刚从热水炉子里捞起来一样

在一张床上分开旅行，月光被窗棂分开两边

一半是火焰，一半是灰烬。落寞的尽头，飞雪连天

心事各自堆积，恨各自溶解，落下的毛发，各自扫除

有人只想从背后抱着她，像两根抛物线定格在老胶片上

他住在温暖的被窝筒里，要给安静的心一个澎湃的拥抱

2014-12-27

藏地密码（组诗）

NO.1　前行　低海拔呢喃

这些年，我们去过很多地方，见过很多相识或者不相识的风景

比如四川的炉霍县、德格的更庆镇，青海的玉树州、西宁的青唐

或者宁夏的朝那城。但是并不包括八廓南街 16 号，以及

扎什伦布寺殿顶上的三千日照

我说，是不是卓玛的歌声太美丽了，让我想都不想就忘了行囊

把胸膛完整打开，毫无保留地呈现肺腑

不仅仅是因为在高维度的幻想中缺氧。过往的梦如金刚菩提般闪光

我甚至不想再呼吸得更多一点就要出发

草甸，糌粑，酥油，客栈……在接触藏地密码之前，有人一遍遍整理

心情

一张载有入藏行程的纸片反复装入背包。有时恬静，有时澎湃

2013年7月，是第几行已经不再重要。画家打算在更高的地方跌落

一些与中国画无关的东西。书法家的唇色，诗人的呢喃

以及三两只南燕在北上前没完没了的彷徨

我们像一群陌生人在熟悉的街角狂欢。为了亲人或者家事，想着各自的爱人

海拔3600米以上的高空，那里肯定会有小石子沉入海底的斑斓

我想现在就挥霍完我的墨水，不再吝啬这些年月虚度过的时光

要么打开一本尘封的书卷，寻找丧失已久的小忧伤。可心情始终在哗啦啦作响

我想找来几枚祖传的银器，它们可能是通向青藏高原某个宝地的钥匙

或者我需要去某个高度去认识一些陌生的人事，在藏红花的簇拥下度一个劫

夏雨落了一夜，闹钟声翻动着风月，喋喋不休地缠绵着对中华屋脊的向往

寅时。镜子里的那个陌生人问了我一声，为什么是西藏

大片的幸福一直莫名地在角落走来走去。深呼吸，谁为此措手不及

（2013年7月20日，与画家王彪、书法家王宏、加州理工大学王同学奔赴西藏前夜）

NO.2　拉萨以东

藏戏、赛马、酒歌。这里是反复给我旗袍般晕眩的高海拔江南

我说，如果林芝是个姑娘，我想反复与她搭讪　我想反复走近她

第十章
· 亲爱的姑娘　你再也找不到我了 ·

山清水秀，或者青眉黛目。总之我开始难以自控，胸有层云万千

这个时候我挺难为情的。要么，我就直接跳进湛蓝的错高湖

融为她身边的一滴水。这样也好，要么我就沉入迷离的尼洋河里

静静地，静静地。如你所知，在这里做一颗水底的小石子我死也愿意

这一整个午后，我都在八一镇的阳光下走来走去

有时候离喜马拉雅山脉近点，有时候离念青唐古拉山脉近点

我被神话、传说、图腾和崇拜所簇拥。心猿意马

一会儿想围着野牦牛跳舞，一会儿又想对藏香猪歌唱

或者，我也想绕着南迦巴瓦峰作一个奇特的马蹄形回转

我知道雅鲁藏布江不会笑我。它只会向南狂奔，并且沿途随手描绘神秀

赞美。一切的赞美已经不能单单盘绕在胸间。在太阳宝座之地，它们蔓延，它们流淌

它们像彩虹倏地喷薄，却单单停留在林芝的水色山川。仿若伸手可触

我明白。这一切与西古柏无关，与喜马拉雅冷杉无关，与树蕨和杜鹃也无关

直到甘丹寺的烟火把一个路人照亮，这一纸藏地情书我一整个晚上也念不完

（2013年7月22日，阳光下的林芝是一个花枝招展的小姑娘，
我第一次看见她，如同回到初恋时光）

NO.3　大昭寺的戒指传说

一句诺言，从 1350 年前飘落眼前。这巨大的图腾散发异域古老的沉香

无法想象当年的湖光，是怎样点燃松赞干布眼中炽热的遐想

戒指沉入湖底。斑驳的石阶一点点退去，像壁画上的辉煌淡却思念的光芒

虔诚的人们在反复咏唱，那熟悉的场景足以把我灌醉三场

八角街的气味，微醺的酥油芳香。以及，在角落的唐卡里安静等待的护法神

一句禅音，醍醐灌顶般催醒一个人的春天。藏地的阳光从头顶三尺神秘泄落

我以为每一个人都是安静的佛陀，至少在来时的路上我这么认为

当牧民灿烂的笑容凝固成格桑花香，我默默地在一个角落伫立

但内心暗喜。这不是一个人的单相思，至少我以为我在阳光中飞进了金碧辉煌

我的梦想，我的漂泊，我的沧桑，这一刻全部在阳光下的金顶上辗转，沸腾，飞散

日食三餐，夜眠八尺。感谢五欲世界遍地火焰的今天，我反复遭遇了温暖和清凉

请原谅我的语无伦次。也许宇宙就是矛盾的，也许我就是你的

那么，我要说多少遍我爱你，才能解答祥麟法轮上转动的爱情符号与密码

我这一生要走多长的路，才能真正地走近你，走近自己内心的湖

我可能会爱上这里。我的眼睛和灵魂在这里，我的伊克昭庙，我的山羊和土地

我又可能会在这里死去。会盟碑下，也许没有文成公主和尺尊公主，但我会一直在这里

我的老毛病又犯了。我以为我找到家了，有戒指的地方就有爱情，有爱情的地方就会有家

我可能会在这里死去。暮色下的大昭寺，也许眼睛和灵魂都不在了。但我会一直在这里

（2013 年 7 月 23 日，大昭寺被阳光包围。我们注视着金顶，忘记了惊叹，却迷恋上关于戒指的传说）

NO.4　南迦巴瓦峰

三十年来，我一直想做一个有用的人。怀揣一本经书，斜插一柄木剑

我想在江湖上做一些事，写一些孽债，路过一些风景

或者，收留一匹有个性的烈马。哪怕最后迷途在沙漠，成就最后一道落难的炊烟

这一切的梦想在遭遇南迦巴瓦峰的当晚，戛然而止

失语。已然不能解释我们当时的惘然，像月球之上的海市蜃楼在瞬间被潮汐吞没

如此暴虐、刚烈与不可征服。南迦巴瓦峰，我们颤抖了！我承认我只爱过你这一个冬天

没有什么更好的语言来辞旧，或者祝酒。那落地很久的雪，把极地世

界重装包裹

我以为它害羞了。以云雾为裳，从不敢露出真实的面容

其实是我们胆怯了！在神的怀抱之下，我要安排怎样的剧情和转折

才能打开海拔7782米的空间，那未知的世界，傲慢的峡谷，以及之中布满的巨大冰川

我们安静地毫无保留，然后依次排列。先是罗汉松、树蕨，然后是迎春木，水青树

最后是我们。我们注视卷书中的东南方向，看万世生物南来北往，读人间冷暖西走东行

我想南迦巴瓦是有罪的人。他辜负了他的骨肉兄弟，一声"木卓巴尔哥哥，回家吃饭了"

足以让他羞愧万年，所以常年雾罩云遮不让外人一窥。你看看

"直刺天空的长矛"挥向耻辱，"天山掉下来的石头"镇守虔诚

我想我也是有罪之人。傲慢、妒忌、暴怒、懒惰、贪婪、贪食及色欲……

这些年我辜负了多少人！非要等人事泯灭，再用一纸绢书去书写我的种种醉过？

那个躺在拉加白垒山顶里的人应该是我。然后在冰天雪地之上，留给你们滚烫的泪

（2013年7月25日，在海拔3512米的南迦巴瓦登山大本营，我们反复拜读南迦巴瓦峰充满神奇的兄弟传说，敬畏，犹豫，还有低喉音和深深的叹息。）

NO.5　沱沱河在这里转弯

我在离沱沱河三尺不远的地方盘腿而坐，开始怀念我的老家，也许是在山西

或者更远的地方，梁代的发源地。那里或许有桃花三万，美酒若干。但沱沱河不一样

它祖上是冰川，从密如蛛网的小溪流，到通天大河。它历经360里，我历经无数代

我握了些冰川的小石子在手里，就像握住了那一年融水的温度

我还想朗诵一个人的诗。譬如三更赢马踏冰川，可车轮滚滚的伤痕之路早已消失殆尽

只留下我一个俗人。站在长江的源头，怀念脚下三尺之内肥美的高原裸鲤

我站在河边走来走去，野生的雪豹一只都没看见。对面的山色却越看越清晰

我已不能说出爱，说出这无数代都历经过的沧桑和烟火。但我觉得他（它）们都是相识的

至少在同一个时空。我们曾反复尝试用怀念来替代爱，用忏悔来安慰良知和不安

我想点一盏古朝的油灯，来怀念河岸边走死去的人，或者迷路的藏羚羊

我想让河水倒流，时间重叠，让所有历史的颜色飞入书中，在这里做一个巨大的转弯

但夜晚来临。重生地的火光燃烧，真相飞来飞去，谁在悼念一些当死的过往

"上了昆仑山，进了鬼门关；到了沱沱河，不知死和活。"画家在身边默默吟唱

我开始晕眩，仿佛晕倒在母亲的怀抱，晕倒在上百条现代冰川和冰斗之间

光阴、落难、血液与尊严，这几个词语被高原反应折磨得七零八落却又栩栩如生

我已经想得很清楚了，我的江河之母！我想手执冷兵器，我要保护这里的一切

无论是散流、漫流、支汉还是串沟，无论是藏野驴、野牦牛、黄羊还是马熊

我还想索取这里的一切。母亲河的，就是我们的。我们的，就是中国的……

（2013 年 7 月 27 日，沱沱河，这里是中国的高地，中国的江河之母）

NO.6　界山达坂山口

一个女人坐在漫天风沙中一字一句地读我的信。她身后连一头羊也没有，然后天就暗了

驿站里亮起烟火，照亮了一大批工匠、艺人。还有大包的绸缎、典籍、医书、粮食

那一晚的界山达坂美极了。我快马加鞭从长安赶到，历经乌云密布，飞沙走石，雨雪冰雹

但心若狂潮。这 3000 公里的吐蕃古道，我历经了太多的驿站、城池、

村舍和古寺庙

　　我打算用下半生的时间在这里逡巡。找寻一些往事，遭遇一些开口说话的石头

　　只有克里雅山的旗杆依然仍然矗立，应该是逻些来人了，他们要往长安的方向而去

　　昆仑神女峰的风吹到这里还有一个时辰。所以说我还能说会梦话，见一些过去的人

　　比如匹夫武将，或者胸有大志的文人。再如三两艺妓、白丁，几个大隐隐于市的鸿儒

　　但更多的是小贩，像众生蚂蚁，用息息生命点燃这无水的文化运河。我看到的不仅是丝绸

　　还有那些精湛的手艺隐藏在 3000 公里的各式箱包中，在黑夜的骆驼群里熠熠生辉

　　我开始思念我的女人了。她们有的在唐朝，有的在临洮，有的在柴沟北，但眼下这个

　　却是我一生中最难忘的女人。我有时候把她比作彩虹，有时候把彩虹比作她

　　这么些年的风呼呼地就过了，淹没了很多光阴，然后又拨开云雾，散落了更多的风月

　　这么些年界山达坂山口的风语逐渐安定，从坡上滑落，你就能看到阿里狮泉河的清净

　　这么些年那些驿站彼此淡忘了相互的名字，有的还在云雾里，有的早已丧失了光阴

　　这么些年有文献记载的历次往来，界山达坂一个都没有忘记。记忆里

仿若残留着雪莲的香

那个女人还在漫天风沙中一字一句地读我的信。我坐在她的身旁，孩子般地给山脉着色

先是深褐，然后是土黄。慢慢变成了墨绿，最后淡棕。但唯一没变的，是山顶的白

（2013 年 7 月 30 日，界山达坂，当年一兵团独立骑兵师进藏先遣连 136 人最先立碑的地方。横穿羌塘无人区和进出西域的吐蕃古道，都是以此为起点）

NO.7　拉乌山草甸之约

把天路踏在脚下，容易顿生梦境。尤其是在拉乌山以南，三五个骑行者拉开画卷

蓝天，白云，草甸……　我们的幸福跟随勇士们以缓坡的速度慢行盘升

有人大口呼吸，以为能将美景打包带走。有人喜极而泣，仿佛他乡注定遭遇故知

当草甸那端洒满了星空般的野花。羊群和牦牛群突然连绵起伏地出现在我们的眼前

奔跑，成为这个午后唯一的一个主题词。我要在一张白纸上写下它们的手无寸铁

我不想说这山水多情，反正我是多情的。我不想说这经幡有义，反正我是有义的

· 亲爱的姑娘　你再也找不到我了 ·

远山青绕蓝，近山墨打绿。我们就匍行在这环环弯道上，像痊愈的牛羊在梦里飞翔

当拉乌村层层的田园和座座的村寨依次出场，翠绿的青稞田和鲜黄的油菜花

以不可思议的方式落在这柔软的草甸之上。我明白，这一切不应该被简单地写进游记

我们的一生都应该为这些而忙碌。比如氆氇、糌粑、木碗，比如石锅、藏被、地毯

我突然想挤一挤脚下的这片草甸。这乳汁分明就要出来了，暖暖地渗透在脚背之上

我又想挥一挥头顶之上的云彩，那分明就是棉花糖，如童话般簇拥着天国之路

我还想把自己的名字柔软地刻在这片土地。风一吹，那些恬静和澎湃就跟着乱跑

哪怕黄豆大小的冰雹在立马肆意砸落，墨绿色的青稞上瞬间挂满了霜。不要紧的

与这些年生活带来的伤相比，受伤算得了什么？还有什么比勤劳和梦想更重要

"一日三餐不愁吃，顿顿还有青稞酒。"我想说是青稞酒醉了，星空映亮了无边的黑

我还想说，真正的拉乌山在路上。要和草甸约会，要过兵站喝美酒，要歌颂或者忏悔

我甚至想摔死在这样的地方。这样灵魂才能以个人的名义能列席轩辕诸神的聚会

（2013年8月2日，在拉乌山以南，属于西藏昌都地区芒康县的地盘，海拔4338米。这里是骑行族的天堂）

NO.8　纳木错女神

仿若蓝色的天一夜之间降临盆地。天湖，我来了！带着滚烫的热血和一颗曾经懦弱的心

我匍匐在草地之上，像一个孩子被巨大的毛毯包裹。远处是清澈透明的湖水不断拍打岸线

古老的湖边，我张大了嘴巴，仿佛忘记了什么，又找到了什么。比如信仰或者勇敢

我的眼神反复被丰润的湖水咕咕洗涤。那些浅的蓝、深的蓝、墨绿的蓝，那么的蓝

仿若包容了这世上一切的色彩与光芒。双膝不由自主跌落，也许是因为紧张，或者是紧张

重力使一切向下。我不过是想聆听那湖底那深邃的声响，它必然是害羞的、迷人的、神秘的

我开始回忆之前的过往。比如嘎拉木山口的经幡，以及巴里村的牛粪墙和悄然凝望的黄羊

然后在这抹蓝之前，我五体投地。这一生浩瀚无际却从未如此虔诚，我开始怀念那些声响

来自湖底500万年的时光，我熟悉的和不熟悉的。但念青唐古拉山和扎西半岛它们都熟悉

草原上动作敏捷的土拨鼠兄弟，和活泼可爱的野兔妹妹也都熟悉——

第十章

· 亲爱的姑娘 你再也找不到我了 ·

只有我是一个外人

在多恰寺钟声前傻傻地抒情。我开始感受到刺痛，像冷兵器扎入心脏。磨刀霍霍向时光！

我要怎样认知我的鲁莽、无知和渺小。我要怎样擦去我在这里留下的每一行脚印。深深地

我又想静静沉入湖底了，多冷我都愿意。哪怕被冰冻成一枚小化石，没有记忆我都愿意！

白的雪和绿的草，岸边的成群牛羊和火绒草，牧民的牛毛帐篷，瘦的野鸭以及胖的狗熊

我至少能看见湖光里调皮的细鳞鱼，湖底某个安静的贝母和它的传说。还有湛蓝的天

这一切美得让人不忍发声！我紧咬嘴唇但更需要你的悲悯。在你的面前我不过是个庸常的人

纳木错女神！此生唯一能证明我曾经勇敢过的也只有你，我的姑娘，我的腾格里海

我更要向不远处的念青唐古拉山神学习。我要在风暴之中向他致礼。致生命，致时光……

怎样打下一个妄语并不重要，我和你一样曾经年轻过。这世上唯一无罪的，是梦想

如何度过这个劫也不重要。此刻，我们曾经年轻过。这世上唯一永恒的，是青春！

（2013 年 7 月 24 日，纳木错，距离拉萨 240 公里。我用天湖作为这组诗歌收尾的地方，其实，这里是我最不想离开的神地）

常（组诗）

离

我想起上个冬天停在电线上的小鸟

我记住了它们中的一个

我想起了枕边未翻完的小说

它的章节　它的脉络　它的暗红声响

但风暴迅速离开

只留下一两个不知名的旋涡

和我在下一个冬天遭遇

并且和那只小鸟一样

臃

一直到倦鸟西沉

利民西路上，夜晚的鞭子在抽打

故事在等待续集

而英雄会随时出现

在大转盘的那一头

有人在深深怀念

爱情骨瘦如柴

叹息了无痕迹

有时候

没有人想伤害

譬如我

只想睡到天明

腐

此时，刺槐在思念春天

枯叶一声不响

爱情提前来到

但无人买单

守夜的人又在闲逛

又是夜晚

没有一个人在路上
所有的人都在别人的家

我们的感官都在静静地泡着桑拿
即便是火热如夏
但大家都害怕停电
以及精子迷失在黑夜

湿

南方在下雨
在拙政园
在虎丘
在寒山寺的钟声里
有人折叠着南中国的山水
有人在哭
有人在想一场融化的雨

而一切都在证明
一个人的一生都是证人
他说，天气终会晴朗
秦淮河上
居然还有人在笑

南方在下雨
天气复杂

· 亲爱的姑娘　你再也找不到我了 ·

大道通天

路上不一样

"至少和你想的不一样"

堕

为了埋藏声音

他必须找到耳朵

为了谋杀爱情

他找来一个恋人

打算扮演受害者

因为幸福的背后

总是有一个人走来走去

越来越低

他的喉音

只能听得见

甜

记忆悬在半空

红毛线在暗恋一个人

月光被填满了

陷入一段危险的前奏

城市堕落在早泄的光中

青弋江畔，童话篡改了一个人的一生

每一次爱的较量

总是无名指占了上风

他连活着都三心二意

他连萨达姆都不关心

那只是在想着家里的那个人

她手中的红毛线

连歌声都是热的

原

一只瓶子缺乏一个盖子

一把蒲扇想念一个摇摇摆摆的人

一段醉醺醺的音乐找不到来时的路

一阵风漂洋过海

停在一家小电影院的门口

两个热恋中的人

转眼就消失在这阵风里

往

那个人一会儿走在他的前面

一会儿走在他的身边

等一些东西远去

一些感觉早已变成家具

老酒老了

甚至已经把握不住孤独

一百年他都在欺骗他自己

早谢的花里

藏着当初透明的谎言

伤

一只勃朗底酒杯

企图扼杀一个黎明

一群凌厉的脚步

正在打击群起的青草

失魂落魄的霓虹灯

把快车道照得更暗

北爱尔兰咖啡的泡沫

只招待着提前退场的客人

我看见这个城市的根部

缺乏失眠和自信

我看见一个躲在发电厂的农民

心脏在剧烈的跳！

后

整座城市找不到一个动词

不仅是你

需要闪电，字典

以及停电后重金属互相残害的叫喊

我曾经尝试着去爱

　（那是一个虚词）

　像一个废黜的花园

　太多的树荫遮住了黑暗

　"你没有后路"

　一个二流的人喏语着

　有人去爱过

　并且终身受打击

像

坐在汽车上

有缓慢的雨

和滂沱的旅途

可我的笔法更加陈旧

我甚至不知道怎样醒来

或者冲进梦里

于是狂奔
刹车并听到轮子的音响

连那个发动机都在笑我
虽然驾照只过期了两天

落

两个人忽然对持起来
像矛对着矛
刀锋对着刀锋
一个人丧失了笑脸
那一个人忘记了尊严

（一节青竹"叭"底响了一声）
短促的节拍
有力地敲打着不悔的青春

2003-9-1

想想你

冬天来了，不用转身就能看见冷

我只是在黑夜醒来

没有梦，也没有咳嗽

我只是渴。我只是在想

亲爱的姑娘，你找不到我啦

我躲在黑夜里，心有些划痕

我能感觉到牙齿淡淡的凉

然后，整座城市就结冰了

我想要抱紧你，喊你一声宝宝

那声音消失得太快，随即淹没

像往常一样，我看见阳光洒满环城路

我看见银杏叶子，诧异，漠然，路过

亲爱的姑娘，你找不到我啦

我只能在没人的时候抒抒情

我只能，在思念的时候停一停

第十章

·亲爱的姑娘　你再也找不到我了·

沙沙，沙沙，今年的雪会不会有去年的大
亲爱的姑娘，你再也找不到我了

2008-12-5